그대의 안부가 궁금합니다

소통과 힐링의 시 에세이

그대의 안부가 궁금합니다

- 양구에서 보내는 소식

김금산 지음

소통과 힐링의 시에세이

그대의 안부가 궁금합니다
- 양구에서 보내는 소식

초판 인쇄 | 2019년 09월 03일
초판 발행 | 2019년 09월 06일

지 은 이 | 김금산
펴 낸 곳 | 출판이안
펴 낸 이 | 이인환
등   록 | 2010년 제2010-4호
편   집 | 이도경, 김민주
주   소 | 경기도 이천시 호법면 단천리 414-6
전   화 | 010-2538-8468
팩   스 | 070-8283-7467
인   쇄 | 세종피앤피
이 메 일 | yakyeo@hanmail.net

ISBN : 979-11-85772-64-6(03810)

「이 도서의 국립중앙도서관 출판예정도서목록(CIP)은 서지
정보유통지원시스템 홈페이지(http://seoji.nl.go.kr)와 국가
자료공동목록시스템(http://www.nl.go.kr/kolisnet)에서 이
용하실 수 있습니다. (CIP제어번호 :CIP2019030434)」

값 13,800원

월식

달과 태양이 만났다
둘이서 하나가 되었다

그 후
세상은
더 밝아졌다

가장 세계적인 양구의 향내를 펼치며

"아빠, 곰취 맛이 정말 좋아요. 이거 어디서 난 거예요?"

"양구에서 마케팅으로 보내주셨지. 네가 이런 거 좋아할 줄 몰랐네."

"나도 좋은 줄 몰랐는데 이건 정말 맛있네. 고추장에 쌈 싸먹으니까 짱이야!"

스물네 살 먹은 딸아이가 호들갑을 떱니다. 취향이 맞지 않으면 어쩌나, 곰취량이 너무 많아 다 못 먹고 버려야 하나, 싱싱할 때 옆집이라도 줘야 하는 것 아닌가, 고민하고 있는데 딸아이가 좋아하니 기분이 좋았습니다.

〈소통과 힐링의 글쓰기〉 시리즈를 기획하면서 저자님

과 인연을 맺게 된 것을 기쁘게 생각합니다.

'그래, 이게 소통과 힐링의 글쓰기 정석이야!'

원고를 접하는 순간 확 빠져들었습니다. 가장 가까운 사람들의 이야기를 글로 써가면서 이웃과 소통하고, 자신도 모르게 쌓여 있는 상처나 스트레스를 풀어가는 힐링의 글쓰기를 실천하신 저자님에게 존경을 표합니다.

"가까운 이의 이야기를 글로 쓰고, 당사자에게 직접 쓴 글을 읽어주었더니 눈시울을 붉히면서도 '이렇게 생각해 줘서 고맙다'고 해서 더욱 용기를 갖고 쓸 수 있었다."

에필로그를 접했을 때는 이것이야말로 생활 속에서 실천하는 〈소통과 힐링의 글쓰기〉의 모범 사례라 생각해서 기분이 좋았습니다. 아울러 저자의 글에는 〈소통과 힐링의 글쓰기〉 시리즈에서 중요하게 여기는 다음과 같은 핵심요소를 담고 있어 더욱 좋았습니다.

가장 개인적인 글이 가장 사회적인 글이다.
가장 지역적인 글이 가장 한국적인 글이다.
가장 한국적인 글이 가장 세계적인 글이다.

처음에는 가장 양구적인 곰취향을 전파하는 우체국 택배업무 이야기에 빠져들었습니다. 시와 에세이로 풀어낸 이야기임에도 지역브랜드가 경쟁력인 시대에 어떻게 하면 경쟁력을 갖출 수 있는지 강한 메시지를 전달하고 있습니다. 양구라는 시골의 임당우체국은 단순히 우편물과 예금업을 취급하는 곳이 아닙니다. 지역농가의 소득경제를 활성화시키기 위해 특산물인 곰취를 우편물 택배 마케팅으로 접목시켜 지역브랜드를 창출해낸 곳입니다. 혼자 읽고 넘기기에는 정말 아까운 이야기들입니다.

초고령화 지역으로 바뀌면서, 특히 시골 독거노인들의 치매와 노인질환이 심각한 문제로 부각된 현실을 사실성 있게 풀어서 보여준 이야기는 콧등을 시큰하게 했습니다. 이제 한국인이라면 누구나 독거노인과 치매노인의 문제를 남의 문제로 볼 수 없습니다. 어떻게든 내 문제로 받아 들여 그 문제를 해결해 나가는 방안을 찾아 서로 고민해야 할 때입니다. 이제 독자님들은 이 책을 통해 그 문제점과 해결책에 대해 어느 정도 고민하는 자리를 갖게 될 것이라 봅니다.

어머니를 치매로 보내셨는데, 이제 홀로 남은 아버지마저 치매초기 증세를 보이는 상황을 받아 들여야 하는저자의 이야기는, 가장 개인적이지만 가장 사회적인 문제로 다가옵니다. 누구도 자유롭지 못한 치매를 어떻게극복해 나가야 할지에 대해 생각하는 자리를 제공해 주고 있습니다.

인터넷과 모바일의 발달로 본연의 업무였던 우편배달업무가 줄어들어 우체국의 위상이 예전과 달라진 상황에서 어떻게 하면 우체국이 시대의 변화를 따라잡을 수 있는지 실제 사례를 통해 보여주는 이야기들은 '가장 임당우체국적인 비전'으로 '가장 한국적인 우체국의 비전'을제시해주는 이야기로 전혀 부족함이 없었습니다.

모쪼록 이 책이 양구의 곰취향내뿐만 아니라 대한민국을 대표하는 곰취의 향내를 전세계로 퍼트리는데 일조할수 있기를 기원합니다.

출판이안 대표 이인환

2부　곰취 곰취 향긋향긋

3부   긴 세월이 있었음에도

4부   금이 산더미같이 쌓이라고

6부   세월에 물든 사랑

우체국 찾는 웃음소리

1부

작약꽃

눈부신 태양 아래 소담스레 피웠네
겨우내 덮여 있던 가랑잎 사이로
붉은 미소 곱게 치장한 오월
부끄러이 새악시 등을 밝히다

살며시 얼굴 내민 꽃밭의 달덩이
소리없이 이고 온 봄날의 사랑
새들도 즐거운 봄의 향연

새악시 뜨락의 환한 미소
우체국 찾는 웃음소리는
사뿐사뿐 축복이어라

안부가 궁금합니다1
– 빵구 손자

타이어 수리를 하는 김빵구 씨의 아들이 초등학교 다닐 때의 일입니다.

어버이날 학교에서 편지 쓰기가 있어서 빨간 우체통에 가득 찬 아이들의 손편지를 정리하다가 모두가 박장대소를 했습니다.

보내는 사람 : 빵구 아들 올림

받는 사람 : 빵구에게

사람들이 "빵구! 빵구!" 했더니 아들도 아빠를 빵구로 알았나 봅니다.

우체국에 왔길래 사무장이 웃으며 말했습니다.

"아빠 보고 빵구가 뭐냐? 이름을 정확하게 써야지."

"왜요? 빵구 하면 우리 아빠 모르는 사람이 없잖아요."

그렇게 또 한번 우체국을 빵 터트렸습니다.

아들이 아버지를 빵구라고 부른 것은 타이어 수리 집임을 홍보하는데 최고의 효과를 얻었으니 가히 마케팅의 귀재라고 할 수 있겠습니다.

빵구라는 이름이 사람들의 입에 착 달라붙어서인지 빵구 씨 가게에는 손님이 줄을 이었습니다.

빵구 아들이 어느 새 아들을 낳았습니다.

인근 초등학교에 다니는데 장래희망이 이장님이랍니다. 할머니 밑에서 커서 그런지 정겨운 양구 사투리를 구사하며 툭툭 내뱉는 말투가 영락없는 이장님 버전입니다.

"이장님, 우리 이장님!"

훌륭한 이장이 되어 인기를 얻고 상황이 되면 군의원도

출마하겠다는 빵구 씨 손자의 소박한 꿈이 이뤄지길 기원
합니다.

  중학생만 되어도 도시로 나가는 아이들이 많은데 장래
희망이 이장님인 김빵구 손자는 가문을 이어받아 지역의
홀륭한 지킴이가 될 것입니다.

  아이들의 꿈은 자라면서 더 커지기 마련입니다.
  빵구씨 손자도 이장에서 머물지 않고 더 원대한 꿈을
키우며 근사하게 성장하리라 믿습니다.

  친구들이 하나둘 떠나는 시골, 우리 지역 양구를 든든
히 지키고 있는 빵구 씨와 빵구 아들, 빵구 손자의 안부
가 궁금합니다.

안부가 궁금합니다 2
- 생명의 은인 군인아저씨

봄을 시샘하는 겨울의 심술이 보도블록 위에 아침저녁
으로 군데군데 살얼음을 깔아 놓았습니다. 야근 후 퇴근
길, 스산한 바람소리에 무서우리만큼 조용한 어둠 속에
촘촘한 별들만이 길을 밝혔습니다.

"똑까닥! 똑까닥!"
하이힐 소리가 더욱 요란하게 밤하늘로 울려 퍼집니다.
초등학교 앞에 다다랐을 무렵에, 미끄덩, 뒤통수가 땅에
부딪히는 파열음을 내며 뒤로 벌러덩 자빠졌습니다.

'아! 이제 이렇게 죽는구나!'
정신이 몽롱해지더니 수많은 별들이 춤을 추며 눈꽃송
이가 되고 빗물이 되어 흘렀습니다.
'아, 살았구나! 나 살았구나!'
잠시 의식이 드는 듯도 했습니다. 하지만 다시 누워버

렸습니다. 이상하리만치 편안했습니다. 이대로 잠이 든다해도 두렵지 않다는 편안함에 빠져들었습니다.

그때 저만치에서 차량 한 대가 불빛을 밝히며 다가오고 있었습니다. 나를 발견한 듯했습니다.

"여보세요! 여보세요! 정신 차리세요!"

툭툭 흔드는 감촉에 겨우 눈을 뜨고 일어나 앉았습니다. 마음과 달리 몸은 꼼짝도 할 수가 없었습니다.

"안 되겠네요!"

누군가 나를 번쩍 들어 차량에 태웠습니다.

겨우 의식을 챙겨 차 안을 보니 대위 계급장이 눈에 들어왔습니다. 나는 지금 지프차에 태워져 있었습니다.

"이제 정신이 드십니까? 큰일 날 뻔했습니다. 집이 어디십니까? 모셔다 드리겠습니다."

가물거리는 의식으로 어떻게 집을 알려줬는지는 기억

에 없습니다.

집에 도착하자마자 비몽사몽으로 인사를 드리고 방으로 들어가 겨우 안정을 취하고야 살아날 수 있었습니다.

내가 사는 곳은 군인이 반입니다. 우리 집 방향과 같은 쪽이었으니 아마도 송청리 BOQ 군인이었을 거라고 짐작만 할 뿐입니다.

오늘은 우리 우체국 인근 포병부대 창설일입니다.

겨울비가 부슬부슬 내리는 운동장에서 부대행사를 마치고 돌아오는 길, 문득 대위 계급장만 뇌리에 박혀 있는 생명의 은인이 생생히 살아옵니다.

경황이 없어 이름도 얼굴도 제대로 챙기지 못한 대위님, 지금도 어딘가에서 잘 지내고 계실 거라 믿지만 문득

문득 안부가 궁금합니다.

잘 지내고 계신 거죠?

평생 생명의 은인으로 감사를 드리며 안부를 묻습니다.

안부가 궁금합니다 3
- 군인가족 아기엄마들

출근길에 가끔 커피를 한 잔 하기 위해서 헤링턴 아파트 앞 CU에 들리는데 그 앞에는 항상 군인가족 엄마들이 아이들 손을 잡고 어린이집으로 보내느라 복잡복잡 진풍경을 벌입니다.

요즘 양구에서는 아이들 보기가 힘들어 노란가방을 둘러맨 아이들 보는 것만으로도 정겨움이 물씬 풍깁니다.

군인가족들은 아이가 한 집에 서너 명은 되는 것 같습니다. 양구의 아이들이 다 모여 있는 것처럼 희망찬 소리가 넘쳐납니다.

"어머, 안녕하세요?"
오늘은 새댁이 저를 아는지 반가운 미소로 맞아줍니다.
괜히 팬이라도 된 듯이 좋아라 반겨주는 발랄한 표정이

해맑습니다.

"네, 안녕하세요?"

덩달아 저도 팬이 된 양 밝게 대답해주며 함께 온 아기
엄마들과 인사를 건넵니다.

군인들은 일찍 출근하기에 엄마들은 출근준비로 새벽
잠을 설쳤을 겁니다. 남편을 출근시키고 이제 아이들을
챙겨 어린이집에 보내놓고 나서야 잠시 그네들만의 휴식
을 찾아 CU에 들러 커피 한 잔으로 숨을 돌리는 시간을
갖는 것일 겁니다.

커피를 뽑기 위해 줄 선 맨 뒤에 내가 있으니까 바쁘신
데 먼저 뽑으라며 앞으로 밀어줍니다.

"아닙니다. 괜찮습니다. 기다려도 돼요."

극구 사양했더니 앞에 한 분이 먼저 뽑은 아메리카노

한 잔을 건네줍니다. 요즈음 흔히 보기 힘든 따뜻한 인정입니다.

"죄송해요. 저는 목이 아파서 조금은 부드러운 우유가 섞인 라떼를 마셔서요."

자칫 불쾌할까 봐 감사부터 전하고 조심스레 사양을 했더니 바로 앞에 젊은 엄마가 얼른 내 뒤로 물러 서 줍니다.

"빨리 출근하셔야 하잖아요?"

젊은 엄마들의 한결같은 따뜻한 양보로 좀 일찍 라떼를 뽑아 CU를 나오는데 낭랑한 목소리가 들려옵니다.

"좋은 하루 보내시고 안전운전 하세요."

출근길 콧노래가 절로 나옵니다. 상큼한 말투와 행동에

서 행복이 무엇인가 생각하게 합니다. 아기 엄마들과 우
연한 만남이 기분 좋게 소소한 행복을 줍니다.

우연을 가장한 필연처럼 CU에서 또 만나지기를 기대하
니 아침마다 기분 좋을 안부가 궁금합니다.

안부가 궁금합니다 4
– 좀도둑 소년

집에 돌아오니 안방문, 사랑방문이 죄다 열려있고, 이불이며 옷가지들도 내동댕이 쳐있고, 경찰까지 와 있으니 분위기가 삼엄하고 스산했습니다.

툇마루 한 편에 쭈그리고 앉아있는 소년이 보였습니다. 옷도 제대로 갖춰 입지 못하고 빡빡 깎은 머리에는 상처가 듬성듬성 나있는데 잔뜩 겁에 질려 몸을 부들부들 떨고 있습니다. 부모님이 모두 돌아가시고 넉넉하지 못한 누나 밑에서 힘들게 살고 있다고 했습니다.

"뭐 잃어버린 것 있습니까?"
방안을 한 바퀴 점검해보니 분홍색 돼지저금통이 없어졌습니다. 차마 바로 말하지 못하고 있는데 경찰이 재차 물었습니다.
"뭐, 잃어버린 것 있습니까?"

"어, 어, 없는데요."

차마 사실대로 말할 수가 없었습니다. 그리고는 살짝 소년 옆으로 다가가 앉았습니다.

"무조건 빌어! 다시는 안 그러겠다고."

소년은 내 말을 듣는 건지 안 듣는 건지 고개를 푹 떨구고 대답이 없었습니다.

"너는 더 이상 봐줄 수가 없구나."

경찰은 잃어버린 것이 없다고 하는데도 혀를 끌끌 찹니다. 무단침입을 했으니 그냥 둘 수 없다며, 그동안 소년원에 몇 번을 들락날락하고도 정신을 못 차리니 이젠 교도소로 가야 할 것 같다며, 사무적으로 소년을 데리고 갔습니다.

엊그제가 새해였던 것 같은데 어느 새 세밑입니다. 크

리스마스 트리가 등장하고 캐럴송도 울려 퍼집니다.

빨간 자선냄비도 등장했습니다.

자선냄비를 보니 지금은 어디서 어떤 모습으로 살고 있
는지, 그때 부들부들 떨던 소년의 안부가 궁금합니다. 빨
간 자선냄비 앞에 울려퍼지는 구세군의 종소리가 더욱 낭
낭합니다.

안부가 궁금합니다 5

– 윤용관 어르신

83세 윤용관 어르신은 동네 이장도 꽤 오래 하셨고 얼마 전까지 노인회장도 맡으셨습니다. 지금도 동네 행사마다 꼭 나타나시고 경조사도 잘 챙기시는 마당발 어르신입니다.

쓰러진 아내를 위해 가정도우미도 없이 몇 년 동안 직접 수발하셨을 정도로 아내에 대한 사랑도 각별하십니다.

거의 매일 하루에 한 번은 우리 우체국을 꼭 찾다시피 하시고 많게는 두세 번도 찾으실 때가 있습니다.

우체국 현관 앞마당에 경운기가 텅텅텅 거리면 이내 현관문이 열리고 텅텅거리는 경운기 소리만큼이나 큰 소리가 사무실에 활기를 불어 넣어줍니다.

"어이 국장, 고구마 농사 안 짓지? 먹어볼 테야?"
"어이, 옥수수 쪄왔는데 맛들 좀 봐."

가끔씩 농산물을 봉지에 담아 와서 직원들이 함께 나눠 먹으라며 툭툭 던지듯 건네주시곤 합니다.

독거노인으로 직접 농사 지은 옥수수를, 그것도 따뜻하게 쪄서 우체국에 제일 먼저 주고 싶어서 들리셨다 합니다.

올해엔 옥수수가 마지막이라며 추줄추줄 비 내리는 막바지 여름에 따끈따끈하게 쪄 오신 쫀득쫀득한 옥수수는 정말 맛이 일품입니다.

어르신이 오시면 우리 우체국은 커피를 대령합니다. 따뜻한 커피는 절대 안 드시고 냉커피만을 고집하십니다.

체질이 타고나신 건지 팔순이 넘으셨음에도 한겨울에 내복도 안 입는다며 바지를 걷어 종아리를 보이시는 걸 보니 청춘 어르신이 맞습니다.

"80세에 저 세상에서 날 데리러 오거든 아직은 쓸 만해서 못 간다고 전해라."

김애란 가수의 '백세인생'의 가사가 저절로 떠오릅니다.

"맞다, 어르신은 지금도 직접 농사를 지으며 부지런하고 건강하게 사시니 아직은 쓸 만해서 못 간다고 전해야겠다."

저절로 이런 생각이 떠올라 미소를 짓습니다.

한동안 소식이 없으시다 어느 날 점심 때 막국수를 사주신다고 찾아오셨습니다.

"왜 그동안 안 보이셨어요?"

"얼마 전 장염으로 탈진했는데, 혼자 있어 하마터면 큰일 날 뻔했어. 다행히 독거노인 방문제도로 일주일에 한번 다녀가는 방문사가 쓰러진 것을 발견해서 며칠 병원

신세를 지었지."

가슴이 철렁했습니다.

어르신께서 심심하실 때 먹으려고 한과 한 박스 주문한 것을 알고는 여직원 고경희 씨가 따뜻한 미소를 지으며 말합니다.

"명품관에 좀 작지만 판매하는 게 있어서 제가 어르신 드리려고 샀어요. 그리고 어르신이 내신 돈은 어르신 계좌로 다시 넣어드렸으니 그 돈으로 맛있는 거 사드세요."

마치 딸이 아버지를 모시듯 세세한 것까지 챙기는 모습이 흐뭇합니다.

날씨가 점점 추워지니 겨울의 혹한과 빙판길이 벌써부터 걱정이 됩니다.

올겨울은 한파가 자주 있다는데 경운기 끌기도 쉽지 않

을 테니 제발 겨울에는 경운기 운전을 안 하셨으면 좋겠지만, 청춘어르신은 아랑곳하지 않고 거의 365일 텅텅텅거릴 게 뻔합니다.

　무탈하게 한겨울 잘 나셔서 따듯한 봄이 돌아올 때엔 변함없이 경운기 뒤에 향긋한 곰취나물 가득 싣고 우체국 앞마당에 텅텅거리며 봄소식 꼭 들려주셨으면 합니다.

　건강하셔야죠?

　오래오래 함께 하고 싶습니다.

　오늘도 우체국 앞에 텅텅텅 경운기 소리 들리지 않으면 혹시 어찌 되시지는 않으셨을까 하는 걱정이 앞서 어르신의 안부가 궁금합니다.

안부가 궁금합니다 6
- 박스아저씨

전국적으로 눈도 많이 오고 찬바람이 부니 정말 춥디
추운 날입니다. 내일 연가를 내어 새벽에 서울을 가야 하
는데 차가 꽁꽁 얼면 새벽에 고생할까 봐 덮을 것을 찾았
으나 마땅치 않아 신문지로 앞유리를 대충 덮고 테이프로
붙였습니다.

새벽에 나가 보니 바나나킥 큰 박스 2개가 내 차를 덮
고 있습니다.

누가 그랬을까?

그저 감사하고 궁금했습니다

남편은 술 한 잔 하고 일찍 잠든 것으로 알고 있지만
그래도 남편이 그랬다 싶어 막연한 사랑을 느꼈습니다.

다음 날, 출근하려는데 또 박스가 덮여 있네요.

아, 고마워라!

정말 누굴까!

당연히 우렁신랑이겠지 하는 마음에 고맙고 감사해서 운전하는 내내 기분이 좋아 정말 행복했습니다.

오늘은 대학동문 송년회 모임을 끝내고 돌아오는데 박스 아저씨가 박스를 정리하고 계십니다.

혹시 하는 마음으로 다가갔습니다.

"저기요, 제 차에 박스가 덮여 있는데 혹시?"

말끝을 흐렸더니 아저씨가 아무렇지 않게 대답하십니다.

"아, 박스요!"

그동안의 우렁신랑은 남편이 아니었습니다

'아, 아저씨였구나!'

지난 여름에 모기가 극성을 부리는 바람에 가려움증으

로 스트레스가 많았습니다. 그때 속으로 괜히 아저씨 탓을 많이 했습니다.

'이건 순전히 시내 한 복판에 박스를 쌓아 놓았기 때문이야.'

아저씨를 탓하고 원망했던 마음이 올라오자 괜히 미안하고 무안해서 얼굴이 화끈거렸습니다.

원망했던 마음을 아저씨가 알 수 없어서 다행입니다. 그때 겉으로 드러내지 않은 것이 얼마나 잘한 일인가 가슴을 쓸었습니다.

"정말 감사합니다. 감사합니다."

얼른 아무렇지 않게 아저씨께 감사를 드렸습니다.

매서운 한파에도 불구하고 새벽부터 밤늦게까지 구석

구석을 누비시며 박스를 주워 나르시느라 하루하루 고단한 삶속에서도 누군가를 위해 마음을 내어주신 박스 아저씨 정말 감사합니다.

지금도 건강하게 잘 지내시고 계신 거죠?

길가에 열심히 폐휴지를 주우며 박스를 나르시는 어르신들을 볼 때면 그 때 따듯한 마음을 내어주신 박스아저씨의 안부가 궁금합니다.

할미꽃

하얗고 거친 듯 잔잔한 솜털은
한 맺힌 어미의 고귀한 숨결

설움에 지쳐 붉어진 얼굴
길고 긴 세월을 드리운 흔적

봄은 뽐내기 들뜬 들꽃들
여기저기 난리들인데

땅에 닿을세라 쓰러질세라
어제도 오늘도 내일도….

허리 펼 줄 모르고 일만 하시는
오직 하나 자식바라기 할미꽃

안부가 궁금합니다 7
– 청소하는 어르신들

봄이 오고 있어도 조석으로 바람이 찹니다.

겨울이 잠시 밀어주는 양구의 봄은 너무 짧아 소리없이 잠시 다녀가기에 그냥 겨울의 끝자락일 뿐입니다. 지독한 겨울의 시샘은 오월에 함박눈을 내려주고 떠나기도 합니다.

출근하다 보면 도로에서 한 손에는 포대자루를 한 손에는 집게를 들고 청소하시는 어르신들을 자주 봅니다. 아직 듬성듬성 눈도 남아있어 사고의 위험도 있는데 안개까지 낀 도로에서 묵묵히 청소하시는 어르신들을 볼 때면 사고로 이어지지 않을까 걱정이 들 때도 많습니다.

양구를 거쳐 간 분들은 양구가 유난히 깨끗한 지역이라는 말들을 합니다.

다 어르신들의 노고가 깃들어 있는 까닭입니다.

어르신들은 이왕 하는 거 조금만 더 수고하면 된다며 우리 우체국 앞마당까지 청소를 해주시곤 합니다. 청소하다 추우면 가끔 우체국에 들어오셔서 따뜻한 커피도 마시며 소소한 지역 이야기를 들려주십니다.

눈이 많이 올 때면 우체국 넓은 앞마당은 치워도 치워도 끝이 없을 때가 있습니다. 그럴 때면 어김없이 어르신들께서 트랙터로 앞마당을 밀어주십니다.

어떤 날은 주변 청소를 일찍 끝내 놓고 우체국장인 나보다 먼저 우체국에 나와 소파에 앉아 차 한 잔을 하고 계신 적도 있습니다. 일찍 청소하러 나오신 김에 금융일도 함께 보기 위해서입니다.

"국장님, 어서 오세요."

거꾸로 저를 맞이하는 게 즐거우신지 아이들처럼 해맑
게 웃어주시면서 주인인 우체국장을 반기십니다.

그만큼 우체국이 편한 쉼터인 까닭이겠죠.

출근길 묵묵히 청소를 하시며 산뜻한 하루를 안겨주시
는 어르신들이 오랫동안 건강하시기를 빌며 하루의 안부
를 묻습니다.

안부가 궁금합니다 8
- 부처님 오신 날에

평소보다 아침 일찍 눈이 떠져서 일찌감치 비봉산에 올랐습니다. 정상을 조금 남겨두고 힘에 부쳐 여기서 기다리겠다고 했더니 남편은 조금만 더 올라가서 기쁜 마음으로 부처님을 맞이하자고 합니다.

남편에 이끌려 정상에 오르니 흰구름 수놓은 하늘에서 눈부신 태양이 환한 미소로 반깁니다. 두 팔 크게 벌려 자비로운 부처님께 소원을 빌어봅니다.

언제나 이 날만은 빠지지 않으려 동강사로 향합니다. 법당 안에는 사람들로 꽉 차 있습니다. 귀퉁이 한쪽에 쪼그려 앉아 있는 나를 보신 주지스님께서 반가움을 표하고는 축사를 제의합니다.

"임당우체국장님의 축사를 듣겠습니다."

손사래를 쳤으나 노보살님까지 권하시니 빼는 모습이 튀는 모습이 되어 얼른 일어섰습니다.

주변을 둘러보니 남편 따라 온 중국 며느리 베트남 며느리 등이 더러 보입니다. 어느 새 다문화 마을이 된 양구의 모습을 그대로 보여주고 있습니다.

먼저 새로 온 사람들에게 반갑게 웃으면서 맞이해주자고 했더니 모두들 환하게 박수로 응답을 해줍니다.

따뜻한 말 한 마디 건네기

누구든지 먼저 보는 사람이 먼저 인사하기

서로 친절하기 등

우리 양구 신도님들이 언제나 이랬으면 좋겠다고 했더니 내심 다 그러길 바랬다는 듯이 계속 박수를 보내줍니다.

나를 아는 족집게 주지스님은 임당우체국장 가수라며 한

술 더 뜨시며 노래까지 권유합니다. 은근히 소문으로 들은 노보살님들과 처사님들이 박수로 기대를 표합니다.

엄숙하고 신성한 법당의 분위기를 감안해서 적절히 끝부분만을 바꿔 노래를 불렀습니다.

"나이야 가라! 나이야가라! 나이가 대수냐!"

그러면서 내가 먼저 "오늘이 가장!"을 선창하면 모두가 "좋은 날!"로 화답하도록 유도했습니다.

"오늘이 가장!"

"좋은 날!"

부처님 오신 날, 법당에서 모처럼 모두가 입을 맞춰 노래 부르며 싱글벙글입니다.

어머니는 힘들 때나 즐거울 때나 비가 올 때나 눈이 올 때나 늘 동강사를 다니시며 가족의 소원을 빌으셨습니다.

비록 어머니처럼 하지 못해 초파일 불자 소리를 듣지만, 요즘은 간간이 동강사를 찾아 기도를 합니다.

언제나 편하고 따뜻하게 맞아주시는 부처님과 스님, 처사님들, 보살님들의 세세생생이 부처님의 인연으로 자비와 사랑이 늘 함께 하기를 바라는 마음으로 안부를 묻습니다.

안부가 궁금합니다 9
- 모두가 공무원

편편편 @ 즐겁고 재밌고 신나게!

강의할 때 제일 먼저 챙기는 마음입니다.

누구나 쉽게 배우고 따라하면서 웃다가 울다가 언제 그 랬냐는 듯이 삶의 자존감도 챙겨 가는 그런 강의를 하자 고….

오늘은 주로 청소와 주차장 관리를 하시는 어르신들을 위한 자존감 향상 프로그램에 강사로 초대를 받았습니다.

나는 소리 높여 묻습니다.

"어르신들, 직업이 무엇인가요?"

700여명이나 모였지만 하나같이 답이 없습니다.

경로당 도우미, 마을청소, 주차관리 등등.

무엇 하나 자신있게 내세울 게 없다고 생각하는 듯합니다.

"저희 아버님은 공무원입니다!"

어차피 대답을 기대하지 않았던 나는 얼른 큰소리로 말합니다. 그랬더니 다들 눈이 휘둥그레집니다. 지역에서 아버지를 아시는 어르신들은 어이없다는 표정입니다.

'엥? 니 아버지를 잘 아는데, 웬 공무원? 그지뿔이다 그지뿌럼!'

어쩌면 속으로 혀를 차고 있을지 모릅니다.

그 반응을 기다렸다는 듯이 얼른 말합니다.

"여러분들 여기 오시기 전에 어디에 신청해서 일을 하시기 시작하셨나요?"

"읍사무소요, 읍사무소!"

"그럼, 신청할 때 시험 보셨겠네요?"

"그럼요, 팔굽혀 펴기도 보고, 다리 들어보기도 하고, 그래서 합격했지요."

어르신들은 입을 맞춘 듯이 호응을 해줍니다.

그 대답을 기다렸다는 듯이 얼른 말합니다.

"네, 여러분은 군청에서 시험을 보고 어렵게 합격하신
분들입니다. 공무원의 경쟁률은 수십 대 일이지만, 어르신
들은 수백 대 일입니다. 공무원 월급은 어디서 주나요?"

"군에서요, 군에서 줍니다!"

이구동성으로 원하는 답을 해주시는 소리에 나는 더욱 신
이 나서 주먹을 불끈 쥐고 더욱 소리를 높입니다.

"보세요, 여러분은 군청에서 주는 돈을 받으며 청소도
하고 주차관리도 하시잖아요. 그러니 여러분도 당연히 공
무원이 맞습니다. 공무원이요!"

"맞아, 와와! 맞아! 짝짝짝!"

함성과 박수소리가 강당에 울려퍼집니다

"여러분들이 청소도 하고, 주차관리도 해주셔서 누구든

지 양구에 오시면 10년이 젊어진다는 말을 듣고 있습니다.
그러니까 여러분들은 양구의 자랑스러운 공무원이라는 자
부심을 갖고 당당히 어깨를 펴셔야 합니다."

"맞아요, 맞아! 와하하하!"

"실은 우리 아버님도 여러분과 함께 하고 계십니다. 그
니까 공무원 맞죠?"

"으하하하! 그려 맞다, 맞아!"

강당은 웃음바다가 됩니다. 박수가 아주 길게 이어집니다.

강의를 마치고 나오는 길에 어르신들이 덥석덥석 손을
잡아 주시고 포옹도 해주십니다.

"역시 영오 씨 딸이야, 김영오 씨 셋째딸!"

어르신들은 아버지의 이름을 부르며 칭찬을 아끼지 않
습니다.

농촌에서의 직장생활을 이왕이면 즐겁고 신나고 재밌있

게 하자며 내 스스로에게 다짐을 해 봅니다.

보람 있고 가치 있는 일을 찾아 나의 장점인 재능을 더해서 지역의 멘토가 되어 어르신들께 활력을 찾아드리고 싶습니다. 어르신들의 인생을 이해하고 함께 공감하며 더불어 살아가면서 작은 도움이라도 드리고 싶습니다.

오늘도 깨끗한 양구를 위해 구석구석 거리를 청소하시고 주차관리를 하시는 모두가 공무원이신 어르신들의 안부가 궁금합니다.

언제나 반갑고 건강한 모습으로 뵙기를 바라며 안부를 묻습니다.

곰취 곰취 향긋향긋

2부

곰취 향을 택배 중입니다

　빨간 우체통에 내려앉은 진눈깨비는 봄 향기에 소리 없이 녹아버리고 겨우내 하우스에 잔뜩 웅크렸던 곰취가 얼굴을 내밉니다

　곰취 곰취 향긋향긋 신고식에 마을 경로당엔 잔치잔치 열리고 식탁 위엔 행복 향이 가득합니다

　온 마을엔 봄기운이 햇살로 내리고 우체국 앞마당엔 노파의 곰취 박스를 가득 실은 텅텅텅 경운기 소리가 울려퍼지면 우체국은 온통 전국으로 퍼져나갈 곰취 향으로 가득 찹니다

　강남 갔던 제비도 풍년농사를 기원하며 창구로 휘리릭 날아드니 우체국은 몸과 마음이 분주해 집니다.

　봄아씨를 자처한 곰취는 봄향 가득 싣고서 솔솔 봄바람에 취해 봄을 노래합니다.

안부가 궁금합니다 10
- 곰취농가에게

2001년 팔랑리 농가가 재배곰취 서너 박스를 들고 택배를 보내려고 우체국을 방문했습니다. 자연에서 채취한 산나물은 인기가 좋아 지인들에게 하루에 많게는 15박스 이상 보내지고 있었습니다. 그러나 한창 봄나물 시즌엔 불법채취 단속으로 입산금지령이 내려지고 특히 양구는 군사지역 특수성으로 곳곳에 지뢰가 도사리고 있기에 자연산 나물을 채취하는 것은 엄두도 못낼 뿐더러 한계가 있었습니다.

우리 것이 좋은 것이여!
신토불이 농산물의 인기가 한창 상승할 때였습니다.

농가들과 쇼파에 앉아 차를 마시며 담소를 나누면서 알게 된 것은 재배곰취에 대한 판로가 없다는 게 고민이었습니다. 농산물의 환경을 미루어 볼 때 우체국이 나서면 가능하겠다는 비전이 보여 소득사업을 함께 하되 우체국에서는 적극적으로 홍보를 맡겠다고 했습니다.

보편적 서비스를 제공하는 다양한 우체국 업무가 많았지만, 그 중에서 택배업무를 농민과 함께 한다면 우체국의 우편 매출을 올리면서 양구의 경제도 살리는 두 마리의 토끼를 잡을 수 있겠다는 확신이 들었습니다.

수없이 농가와 많은 토론을 거쳐 양구의 기후와 조건에 맞는 곰취를 블루오션 상품으로 만들기 위해 기획을 하였고 일단 곰취를 널리 알리기 위해 홍보는 물론 작은 동네축제를 시작으로 다른 시군보다 발 빠르게 선점해 보자는 것에 의기투합했습니다.

이와 더불어 군부대와 언론사 등에 안내장을 뿌리고 다양한 홍보를 하면서 택배접수가 순풍에 돛을 달고 본격적으로 시작이 되었습니다.

소비자에게는 친환경 농산물로 인기를 얻었고, 농가들에게는 다른 작목에 비해 평당소득이 높아서 환영을 받았습니다. 봄철 농번기를 맞아 쥘 수 있는 목돈은 아쉬운 농번기철에 필요한 영농자재 구입을 함에 있어서 많은 도움이 되었고 곰취출하가 끝난 후 또 다른 한해의 농작물로 이어나가기에 더 없는 기쁨이 되었습니다.

생물이다 보니 농가도 우체국도 대책이 없던 때였습니다. 늦은 4월 날씨가 갑작스레 추워지면서 냉해로 곰취나물 대부분이 얼어 버려서 주문에 맞춰 바로 보내드리지 못하다 보니, 일간신문에 보내지 못할 것을 접수한 일에 대한 질타가 크게 보도된 이후 그것이 오히려 곰취택배를 톡톡히 홍보해주는 전화위복의 좋은 기회가 되었습니다.

신문을 보고 사정을 알게 된 소비자분들이 늦어도 좋으니 꼭 발송해 달라며 빗발치는 신청을 해주셨기에 곰취의 인기를 실감하며 힘든 줄 모르고 일에 매달렸습니다.

곰취와 더불어 지역주민들이 신문이나 방송 등 매스컴을 많이 타다 보니 방송카메라만 들이대면 누구나 곰취에 대해서는 연예인이 되고, 박사가 되어 있었습니다.

곰취를 조기 출하하기 위해서는 하우스 시설의 전기도 필요하고 마음과 손길도 더 가야 해서 가격이 너무 싼 듯도 하여 안타깝기도 하지만, 오로지 고객을 배려하는 마음으로 일정 가격을 유지해 오고 있는 순수한 농촌의 농심도 느껴집니다.

곰취 계절이 돌아오면 도깨비 장난치듯 알 수 없는 기후의 변덕에 노심초사 하는 곰취농가의 마음을 잘 알기에 누구보다 이심전심이 되어 위로하고 위안을 합니다.

동고동락한 세월이 하나로 만들어 주었습니다.

우리 잘 하고 있는 거죠?

앞으로도 잘 할 수 있는 거죠?

언제나 초심을 잃지 말자는 약속으로 안부를 묻습니다.

안부가 궁금합니다 11

- 정병삼 전 사무장님

아침 출근길 거리엔 곰취축제를 알리는 프랭카드가 나풀거립니다.

곰취향이 진한 계절이 오면 만감이 교차하면서 지금은 퇴직하신 정병삼 전 사무장님이 떠오릅니다. 농산물유통센터를 수없이 드나들고 안내장을 만들어 함께 각 군부대를 수없이 방문하고, 홍보를 위해 신문사를 찾아다니던 일 등등.

사무장님은 바쁜 와중에도 곰취 농작물에 지식을 갖추고자 야간학습을 자처해서 친환경 농업대학을 수료하는 등 지극정성을 보였습니다.

처음으로 축제장에서 우체국 택배접수를 하자고 제안했을 때 직원들은 부정적이었고, 무엇보다 경험하지 못한 것에 대한 두려움으로 반신반의했습니다.

　농협에서 농산물직거래 장터를 운영했던 나의 경험으로 직원들을 설득시켰고 축제장에서의 택배접수를 밀어붙였습니다.

　축제 첫날 택배 접수와 판매로 전국에서 온 손님들이 북적거렸습니다. 방송 카메라가 우체국을 취재하면서 그동안 볼 수 없었던 시골의 진풍경이 새롭게 만들어졌습니다.

　동네 잔치를 시작으로 한 곰취축제가 어느덧 15돌이 되어갑니다.

　임당우체국의 효자 농산물인 곰취를 직원들의 역할 분담으로 홍보하던 지난 날들이 아련합니다.

　어버이날 어린이날 스승의 날을 비롯하여 행사가 많은 가정의 달 5월이면 우리 직원들은 연휴도 반납하고 축제장에서 곰취 홍보와 곰취 우편접수로 더 바쁜 시간을 보냅니다. 가족들까지 모두 현장에 나와 하나가 되어 축제를 즐깁니다.

임당우체국의 산증인인 정병삼 전 사무장님은 곰취 출하 기간 동안 정신없이 바쁜 우리 우체국의 사정을 너무나 잘 알기에 퇴직한 지 5년이 되었는데도 축제 때면 어김없이 도우러 오십니다.

"바빠서 어떡하냐?"

누구보다 걱정을 해주시며 직원들 고생한다고 하면서 격려와 함께 작은 흰 봉투도 내밀고 갑니다.

"퇴직 후 나가보니 직장의 고마움을 알겠더라."

얼마 전 우체국에 사무장님이 들리셔서는 직원들을 상대로 우체국 덕분에 자식들도 잘 성장했고, 퇴직 후에도 넉넉하게는 아니더라도 이렇게 경제적으로 안정적인 삶을 살아갈 수 있노라며 좋은 향기를 뿌려주셨습니다.

임당우체국을 사랑하셨고 발전을 위해 누구보다 고생하고 마음으로 사랑하셨던 정병삼 전 사무장님이 우체국 근무할 때의 모습들이 생각 납니다.

해마다 이맘때면 곰취가 냉해를 입어 지역이나 우체국이 피해를 입지는 않을까 가슴 졸였는데, 지금도 그 맘은 여전하심이 느껴집니다.

우체국 앞마당에 산더미 같이 쌓여 있는 곰취를 보니 곰취향 만큼 진한 그리움으로 자연스레 떠오르는 정병삼 전 사무장님의 안부가 궁금합니다.

안부가 궁금합니다 12
- 백두산부대 백호대대장님과 장병들

"고생하며 나라를 지키는 우리 아들이 몇 푼 안 되는 돈으로 보낸 곰취인데 어떻게 이럴 수가 있느냐?"

어느 날, 군대 간 아들이 보내준 곰취를 받았는데 싱싱해야 할 곰취가 다 물러빠졌다고 대뜸 전화기 너머로 숨넘어가는 소리와 함께 대성통곡이 들렸습니다.

곰취 택배일로 바쁜 사무실에서 콩닥콩닥 정신은 없었지만, 어머니의 마음을 알기에 맞장구 추임새로 분이 풀릴 때까지 끝까지 들어주었습니다.

"속이 많이 상하셨지요? 제가 어머니라도 화가 나시겠네요. 죄송합니다. 저희가 새 곰취로 얼른 보내드리겠습니다."

다행히 한 동안 통화를 하고는 분이 풀리셨는지 어머니는 담담이 말씀하셨습니다.

"이렇게라도 속을 풀어 주니 시원하네요. 사실은 아들한테 곰취를 받고 너무 기분이 좋아 박스를 사진으로 찍어 아들 방안에 놓아두었다가 제대해서 돌아오면 보여 주려고 했답니다."

아들을 생각하는 어머니의 마음이 고스란히 느껴져서 가슴이 찡했습니다.

얼른 싱싱한 곰취를 다시 보내드렸습니다.

덕분에 우리 우체국을 좋아하게 됐다는 회신도 받았습니다.

어느덧 15년이 흘러 이름이 잘 기억나지 않아 죄송합니다. 장병들의 월급이 몇 만 원이고 담배값이 한 달에 몇천 원씩 나오던 때였습니다.

대대장님은 전 장병 500여명에게 금연을 유도하고 실

천하면서 어버이날을 맞아 군장병 효도 농산물 보내기 운동을 이끌어 주셨습니다.

　주소지를 전국 방방곡곡에 둔 장병들이 고향으로 효도 농산물인 양구 명품곰취를 보내면서 전국으로 더욱 알려지게 되었고, 소비자 만족도도 좋게 이루어져 재구매가 90프로에 이를 정도가 되었습니다.

　양구 곰취가 명품브랜드로 전국민에게 사랑받는 데는 백두산부대 백호대대장님과 장병들의 노고가 컸습니다. 2003년 당시 어떻게 하면 좀 더 저렴한 가격으로 전국에 주소를 둔 귀한 장병들의 자원을 활용하여 궁금해 하실 가정에 안부도 드리고, 효도도 하면서 곰취 농가에 부가가치를 올릴 수 있을까 했던 고민은 군청과 농가들의 협의를 이끌어 내었고, 평소 대민봉사지원 등 지역경제활성화에 적극적인 관심을 보였던 군부대의 지역 사랑은 올해도 변함없이 군장병 효도농산물 보내기 운동으로 이어져 오고 있습니다.

나라도 지켜주고 지역을 위해 농산물도 팔아주면서 장병들이 부모님께 효도할 수 있도록 해주신 대대장님 그 은혜를 어찌 잊을 수 있을까요?

오늘도 양구 사랑을 실천하며 대한민국의 안녕을 위해 애쓰시는 군부대장님과 장병 모두에게 감사의 안부를 전합니다.

해마다 가정의 달 5월이 다가오면 지역 농민을 돕기 위해 효도 농산물 보내기 운동에 앞장서 주셨던 대대장님과 그때 그 장병들의 안부가 궁금합니다.

봄 곰취

긴 동면을 한 곰이 봄 햇살 곁으로 한 발짝 한 발짝 내딛는 그 발바닥의 모습이 곰취 잎을 닮아서 곰취래요

지난 봄 곰취향에 취해 있던 곰이 기지개를 켜고 쿵쿵 새봄을 노래할 때면 곰취 농가는 덩달아 봄 채비에 분주해집니다

겨우내 담아 두었던 들판의 비닐하우스 속엔 진한 곰취향으로 가득 차고 여기저기선 봄이여 어서 오라 아우성입니다

우체국 빨간 택배차는 봄의 전령사로
봄 곰취를 전국 가가호호 실어 나르네요
식탁 위 파릇한 곰취 향기로
맛에 취하고 사랑에 취해
온 세상이 봄향 가득합니다

안부가 궁금합니다 13
- 지역의 기관장님들

대암중학교 교장선생님께서 한 달에 한 번 있는 지역기관장 모임을 위해 댁으로 초대를 해주셨습니다.

한 여름 시원한 산새 밑 초원 위에 자근자근 심어놓은 무농약 농산물이 우리들을 반겼습니다. 한 쌍의 사슴이 노니는 넓고 푸른 언덕 위 하얀 집에서 교장선생님의 인자하고 푸근하신 모습이 오롯이 새겨졌습니다.

옛날 손 펌프 우물가는 정겨움을 더해주고 마당 귀퉁이 커다란 불판 위에 삼겹살은 여름밤의 온정을 더욱 뜨겁게 반겨주었습니다.

직접 농사를 지은 곰취 깻잎 상추 파 마늘에 쌈장으로 한 입 쌈 싸 넣으니 모두 어린아이처럼 하나가 되었습니다.

지난번 동면지역 작은음악회 때 지역기관장님들이 잘하면 잘하는 대로, 못하면 못하는 대로 지역에서 화합하

는 모습을 보이며 실천하자고 틈틈이 연습을 해서 밴드공
연을 성공적으로 해냈습니다.

그때부터 다시 모이면 각자 자기악기에 자기만의 색깔
을 실어 제법인 실력을 자연스럽게 뽐내왔는데, 오늘 공연
은 소박한 통기타 하나로 녹음 짙은 색다른 자연의 장단
에 푹 기댄 채 기관장님들과의 단결을 위하여 목청껏 불
러대는 노랫소리가 시원한 빗소리를 뚫고 울려 퍼집니다.

기관장님을 배려해서 온 동네 떠나갈 듯 노래 부르고
소리 질러도 된다며 하늘도 덩달아 천둥과 번개 속에 비
를 뿌리며 무대를 펼쳐주었습니다.

아아, 영원히 변치 않을 우리들의 사랑으로
어두운 곳에 손을 내밀어 밝혀주리라

지역기관장 모임인 대암회가 있는 날이면 지역사랑 애

기에 열띤 토론을 하다가 그 열정과 사랑으로 서로를 격려하며 웃음으로 가득 채우곤 합니다. '사랑으로'란 노래처럼 지역을 떠나도 영원히 기관장 모임을 갖자고 약속했습니다.

지역기관장들은 직장의 인연으로 만남을 이어가지만, 기껏해야 이삼 년 정도면 다른 곳으로 전근을 가고 새 기관장님이 오고를 수없이 반복합니다.

있을 때야 자주 만나게 될 것 같고 그러자고 약속하지만 새로운 환경에 적응해서 사노라면 빈말이 되기 일쑤입니다. 어떨 때는 사는 게 바쁘다는 이유로 무소식을 희소식으로 경조사라도 챙기면 다행입니다.

퇴직하신 분, 다른 곳으로 발령 나신 분 등등.
이삼 년마다 뿔뿔이 흩어져야 하지만 마당에 친 천막에

물이 고이는 것을 방지하기 위해 매달아 놓은 소주병 사이로 빗물이 추억을 타고 흘러 내렸던 행복한 모습을 떠올리며 우리는 약속대로 두세 번 모임을 더 가졌습니다.

그때 정기모임을 갖기로 하고 다음 모임은 곰취축제장에서 하자던 약속을 기억합니다.

곰취축제가 다가오니 언제나 만나면 긍정적으로 죽이 잘 맞았던 지역기관장님들의 안부가 궁금합니다. 오늘도 긍정적 마인드로 기관장님들의 안부를 묻습니다.

안부가 궁금합니다 14
– 박스 아주머니

'그냥 따버릴까?'
'아직 너무 어려. 하루 이틀만 더 있다 따야지.'

우체국 뒤뜰에는 꽤 큰 두릅나무가 있습니다.
파릇파릇 엄지손가락만한 새순이 열렸습니다.

작년에도 하룻밤 새 누가 따갔기에 내면의 갈등이 일었
습니다.

오늘은 정말 따야지 하고 뒤뜰로 나가보니 누가 벌써
따갔습니다. 작년에도 재작년에도 벌써 몇 년째 똑같은
일이 벌어지고 있었습니다. 계속 뒷북만 치다 보니 "봄나
물 하면 두릅 두릅" 하는 이들의 말이 귓가에 더 윙윙거
립니다.

우체국에는 빈 박스가 많이 나옵니다.

폐휴지 줍는 어르신들께는 최고 인기입니다.

한 번은 폐휴지 줍는 돈을 모아 놓은 우체국 통장을 정리해 달라기에 슬쩍 봤더니 금액이 제법 쏠쏠합니다.

어르신들에게 이렇게라도 도움을 주고 있다고 생각하니 은근히 뿌듯합니다.

퇴근하려는데 직원이 두릅을 싼 비닐봉지를 내밉니다.

"이게 뭐지? 누가 주셨나?"

우체국 뒷마당에 두릅을 딴 거랍니다.

박스 아주머니가 뒤쪽에 박스를 가져가실 때 두릅을 따간다는 것을 알고 있었답니다. 그런데 요즈음 다리수술을 해서 오시지 못하니 두릅이 쉴까 봐 뒷마당 청소를 하다 땄다고 합니다.

제법 양이 많아 혼자 다 먹을 수 없어서 이 기회에 직원들끼리 맛보자며 제 몫도 챙겨주는 거랍니다.

박스 아주머니는 정말 열심히 사시는 분입니다. 가끔 우체국 주변도 말끔히 청소도 해주시고 항상 먼저 인사하며 우체국 칭찬을 늘 입에 달고 사시는 분입니다.

아주머니가 수술을 하는 바람에 겨우 두릅 맛을 보게

됐다는 말에 괜히 가슴이 짠합니다.

수술이 잘 되어서 예전처럼 우체국을 제집처럼 들락날락하시며 두릅도 맘껏 따 드실 수 있었으면 하는 바람으로 뒤뜰의 두릅나무를 바라봅니다.

그냥 두면 쉴까 봐 먼저 딸 수 있어서 올해 처음으로 맛보게 된 두릅이지만 은근히 박스 아주머니의 안부가 궁금합니다.

두릅을 얼마든지 따가셔도 좋으니 건강하시기만을 바라며 안부를 묻습니다.

빨리 쾌차하시길 두 손 모아 바래봅니다.

안부가 궁금합니다 15
— 해외 고객님들

산불 소식 들었는데 양구는 괜찮나요?

불길이 번지지 않기를 기도할게요.

강원도 고성에 엄청난 산불로 인한 화마속에서 모두가
불안하고 안타까움에 발을 동동 구를 때의 일입니다. 새
벽에 휴대폰을 열어보니 카톡이 들어와 있습니다. 같은
강원도라 양구도 피해가 있을까 멀리 호주에서도 걱정하
고 있었습니다.

새해에 조국의 평화통일을 염원하며 대한민국의 안녕
을 기원하는 카톡을 보내주시는 분도 있고, 택배를 받는
자체만으로도 고국의 향을 느낀다며 구수한 된장국 생각
으로 양구건시래기 나물을 찾으시는 분, 해외 나가 살다
보니 대한민국 집배원들이 세계에서 가장 친절함을 느끼
신다는 분, 고마움에 어떻게 답해야 할지 고민이라며 호

주에 오면 좋은 곳을 꼭 안내해드리고 싶다는 분들도 있습니다.

세상이 참 좁아졌습니다.

캐나다, 호주 등에서도 국내의 가족과 지인들에게 선물을 주기 위해 곰취 신청이 들어옵니다.

곰취는 생물이라 해외까지 보내드릴 수 없는 것이 아쉽기만 합니다.

해외 멀리서 우리 우체국을 이용해주시고 나의 고향 양구와 대한민국을 걱정해주시는 분들이 계시다는 것에 든든합니다.

멀리 계신 해외 동포님들의 택배 주문이 신속하고 정확하게 잘 도착되기를 바라며 가수 박상철의 '무조건'이란 노래를 개사해서 마음을 전해봅니다.

　당신을 향한 귀한 물건을 마음으로 포장할게요
　당신을 향한 귀한 물건에 기쁨 가득하도록
　태평양을 건너 대서양을 건너
　인도양을 건너서라도
　해외 택배 필요할 땐
　임당우체국
　무조건 무조건이야

　지금 이 순간에도 멀리서 함께 해주시는 해외 동포님들
의 안부가 궁금합니다.
　무조건! 무조건! 건강하시고 행복하시길 기원드리며 안
부를 묻습니다.

안부가 궁금합니다 16
– 우편물 기사님들

"끼이익 철커덕!"

하루 종일 모아놓은 우편물들을 실어 나르기 위해 택배 화물차가 우체국 마당에 도착했음을 알리고 현관문이 가려지면 일사불란하게 운동이 시작됩니다.

우편물 출발 시간은 정해져 있어 언제나 마음이 급해 직원들이 이리 뛰고 저리 뛰고 혼을 쏙 뺍니다.

우편물이 넘쳐나는 곰취나물 시즌이나 설, 추석 명절이면 더욱 가관입니다.

피할 수 없으면 즐기자!

운동은 어차피 일에서 시작되지 않았나?

이렇게 생각하고 보니 헬스클럽 찾아서 운동하는 것도 땀 흘리는 건 마찬가지 아니냐는 생각으로, 어차피 저녁에 회의나 약속이라도 있는 날이면 이래저래 운동도 못할 때가 많으니, 차라리 우편물 상차 시간을 일하면서 운동하는 일석이조의 시간으로 여기자고 마음 먹었습니다.

마음 하나 바꾸니 컨베이너가 볼링장 레인이 되고, 곰취 박스가 공이 되어, 쌓아 놓은 물건들을 차 안으로 쭈욱 스윙을 하면 핀이 된 우편물이 백발백중 차 안으로 올라갑니다.

스트라이크!
스트라이크!
최고의 우편물 볼링 선수가 됩니다.
간혹 너무 힘을 주어 컨베이너 밖으로 떨어지는 핀은 초보 선수의 몫입니다.
아버지로부터 물려 받은 유전이라며 평소 효율적으로

일할 수 있는 아이디어를 제공해주는 우리 사무장은 같은 일을 해도 언제나 노련하고 듬직하게 처리합니다. 택배기사님이 힘들어 보일 때면 서슴없이 화물칸에 올라 직접 물건을 진열합니다.

몇 안 되는 직원들은 너나 할 것 없이 서로서로 도와가며 하나가 됩니다. 가족 같은 분위기는 직장생활의 보람이자 큰 힘이랍니다.

우체국 마당에 산더미같이 쌓였던 우편물이 트럭에 가지런히 꽉꽉 채워진 것을 바라보노라면 우리들의 운동이 끝나는 시간입니다.

우리는 이제 운동을 끝냈지만 어마어마한 대형차 운전대를 잡고 또 새로운 운동을 시작할 기사님을 생각하니 정말 대단해 보이기만 합니다.

 빽빽하게 실은 우편물에 수고를 첨가해서 큰 차를 모느
라 참 힘들겠다며 위로의 한 마디 건네봅니다.
 "사람이 끄나요? 큰 차가 오히려 편하답니다."
 오히려 큰차가 편하다는 말에 더욱 대단해 보이는 기사
님의 땀방울을 봅니다.

 저 많은 우편물을 싣고 목적지까지 갔다가 서둘러서 다
시 대전 등 또 다른 곳으로 가야 한다는 기사님들도 있습
니다.

 간혹 기회가 맞으면 가족과 함께 드시라며 농가에서 주
신 곰취를 조금 챙겨드릴 때가 있고, 겨울에 직원들 먹으
라고 파지로 가져온 찐빵도, 농가의 사과도, 가시다 출출

할 때 드시라고 건넬 때가 있습니다.

 택배차량이 우체국 앞마당을 벗어나면 시작부터 땀 뻘
뻘 흘린 피곤도 무릅쓰고 이제부터 또 다시 하루 온종일
운전할 기사님을 생각하니 졸음운전으로 이어지지는 않을
까 걱정입니다.

 출장이든 여행이든 먼 거리 운전을 하다 보면 졸음이
밀려오는 것을 알기에 일상으로 장거리 운전을 하시는 기
사님들을 보면 정말 대단하고 위대해 보입니다.

 오늘도 소중한 고객님들의 마음을 하나 가득 채우고 먼
길 떠나시는 기사님들의 안부가 궁금합니다.

 안전운전, 언제나 꼭 챙기시는 거죠?

 오로지 안전운전을 염원하며 안부를 묻습니다.

안부가 궁금합니다 17
- 점심시간 한 시간

  농산물 시장처럼 농사꾼들로 붐비는 곰취 발송 시기에는 직원들이 점심도 제대로 못 먹고 일할 때가 많습니다.
  바쁜 곰취 발송시기에 CS점검이라도 나오면 별 대책도 없이 평가를 받아야 하는 경우도 종종 있습니다. 그런 날 따라 우체국 마당은 우편물 기표지가 이리저리 날리고 실내 바닥은 농민들의 흙 묻은 장화 발자국으로 도떼기시장을 이룹니다. 덩달아 이상하게 숨어 있던 파리도 윙윙 난리를 칩니다.

  우체국 업무를 좀더 효율적이고 효과적으로 운영하고자 직원들의 의견을 수렴하여 우리우체국은 한 시간씩 점심시간에 문을 닫기로 했습니다.
  아주 바쁠 때 그 시간을 이용해서 인터넷으로 신청한 물량을 확인하려면 컴퓨터에 집중해야 할 이유가 있기도 합니다.

가끔 그 시간이 말썽을 일으킬 때가 있습니다.

얼마 전에는 정해진 시간에 점심을 먹으러 못 가고 늦게 나갔다가 업무 시간에 밥을 먹으러 갔다고 지적을 받았습니다. 규칙의 탄력적인 운용의 묘를 살리지 못하는 것은 아닌가 서운함이 밀려오는 것은 어쩔 수 없습니다.

그 후 정해진 점심시간, 한 시간은 될 수 있는 한 나만을 위한 진정한 휴식시간을 가지려 합니다.

오늘은 모처럼 봄 햇볕을 만끽하려고 책 한 권을 들고 우체국 근처 월운리 저수지로 향했습니다.

살랑이는 봄바람에 파란 물결이 출렁입니다.

그 출렁임에 우리 직원들과 지역주민들의 열정과 응원이 실려옵니다.

내 마음을 알아챘는지 봄바람도 다가와 안기더니 귓속

말로 파이팅이라며 안부를 묻고 지나갑니다.

　잔잔한 출렁거림에 내 가슴도 설렘으로 출렁입니다.

　즐거운 점심시간 한 시간이 잘 정착되기를 기원합니다.
아울러 주민서비스도 극대화되기를 바랍니다.

　즐거운 점심 시간 한 시간, 모두 불편 없이 잘 견뎌주

시고 계신 거죠?

　질 높은 우체국 서비스를 생각하며, 우체국을 사랑해
주시는 모두의 안녕을 위하여 출렁이는 마음으로 안부를
묻습니다.

긴 세월이 있었음에도

3부

엄마 생각

저 멀리 그리움에 진한 달무리
바람에게 전하는 보고픈 마음
밤 풀벌레 스미는 엄마의 노랫소리
새벽 빗줄기는 엄마의 자장가
뒤척이다 하얀 꿈 속 품에 곤히 잠들다

안부가 궁금합니다 18
– 어머니, 울 어머니

   순백의 가마를 곱게 탄 첫눈이 꽃처럼 자유롭게 춤을 춥니다. 설레는 마음 가득 안고 눈꽃 길 따라 올려다보니 어머니의 미소가 눈부시고 따스하게 펼쳐집니다.

   이승에서 다듬이 방망이로 사정없이 두들기고 **빨래 방**망이에 비눗물을 덧씌워 보내야만 했던 어머니의 꿈이 풀풀거리며 하늘을 덮고 있습니다.

   지지난 봄 호수가 되어버린 고향집을 지척에 두고 하염없이 물끄러미 바라만 보시던 어머니가 생각납니다.

   "엄마 무슨 생각해?"
   뇌졸중으로 기억을 잃으신 어머니 얼굴엔 대답 대신 슬픈 미소가 담겨졌습니다.
   깊고 시퍼런 호수만큼이나 가슴속에 꼭꼭 담아둔 소녀

의 꿈을 말하고 싶은 건 아니었을까?

아무리 물어봐도 모를 거라 치부해 버렸던 세월이 참
으로 무심하고 야속합니다. 왜 긴 세월이 있었음에도 어
머니의 꿈에 대해 단 한 번도 물어볼 생각을 못했을까요?
그렇게 묻지도 못하고 천상으로 보내드린 후 오늘 내리는
환희의 눈꽃을 보니 어머니 생각이 더욱 간절합니다.

소녀의 꿈,
한 여인의 꿈,
이승에서 펼쳐보지도 못한 그 꿈을
그곳에서는 어떤 모습으로 펼치고 계신가요?
사뭇 어머니의 안부가 궁금합니다.

안부가 궁금합니다 19
- 아들과 남면농협

오래 전 남면농협에 근무할 당시에는 지금처럼 자동화 시스템이 아니라 모든 업무를 수기로 처리했기에 퇴근도 늦을 뿐더러 주말도 없이 나와서 일을 해야 했습니다.

고객이 맡겨놓은 예금을 건건이 손으로 이자 계산을 해서 내주어야 하던 때였습니다. 낮에는 손님이 너무 기다리지 않게 손으로 신속하게 계산해서 보내놓고, 혹시라도 고객이 손해 본 건 없는지 밤새워 주판알을 튕기며 확인한 후 새벽에 퇴근을 한 적도 많았습니다.

하루는 농협도회에서 감사를 나와서 이런 직원은 처음 본다고도 했습니다.

연말연시에는 농협 직원으로서 우체국 집배원들이 추운데 고생한다며 양말을 선물한 적도 있습니다.

당시 인근의 김장한 우체국장님께서 직원들을 모아놓

고 조회 때 친절봉사는 농협의 김양처럼 하라고 하셨다는
말을 우체국 직원으로부터 전해 듣기도 했습니다.

농촌에는 다방이 성행했습니다. 나는 사무실 인근에 있
는 다방의 화장실이 깨끗해서 가끔 그곳을 이용했습니다.

아이를 가졌을 때 유난히 입덧이 심해 뱃속 찌꺼기까지
토해내고 주저앉을 것 같아 잠시 주춤거리는데 초우다방
사장 언니가 얼음을 동동 띄운 오렌지 주스를 들고 내 앞
에 서있었습니다.

"많이 힘들지? 자, 마셔!"

이 말을 듣고는 나도 모르게 순간 눈물이 펑펑 쏟아져
버렸습니다.

그때 살며시 안아주시고 등까지 쓰다듬어 주셨던 그 정
을 잊지 못합니다.

주말에도 농협에서 살다시피 했습니다. 세 살배기 아들

은 떨어지지 않으려 착 달라붙어 땀이 범벅이 되도록 울어 제키기 일쑤였습니다. 그러면 캥거루처럼 아이를 들러업고 출근했습니다. 유모차에 실려 있던 아이가 없어져서 난리가 난 적도 있었습니다.

다행히 아이는 동네방네 아이가 되어있었습니다. 사람들에게 귀염도 받고 맛있는 것도 얻어먹으며 지역의 사랑을 흠뻑 받으면서 자랐습니다.

어느덧 26년이 흘렀습니다.
지금도 그때의 아이를 궁금해 하는 이들이 많습니다.

"아이가 많이 컸지?"
"이제 김양의 아이도 대학은 졸업했지?"
몇 년 있으면 환갑이 되어가는 내게 입버릇으로 김양

이라고 불러놓고, 이내 웃으시며 애써 변명하시는 분들도
더러 있습니다.

"가수 이미자는 아직도 이미자 양이잖아? 김양도 김양
이라 해야 기억이 쉬워서 그러니 이해해 줘."

"예, 이해합니다. 이해하고 말고요."

어르신들이 무안하지 않게 나는 더 밝게 웃어드립니다.

우리 아이의 어린 시절이 서려있는 곳,

십 년 넘게 함께 했던 직장이자 동네 주민들과 행복한
추억거리가 숨 쉬고 있는 영원히 잊을 수 없는 곳이 남면
농협입니다.

이제 세월 따라 사람도 많이 바뀌어 모르는 사람이 더
많습니다. 그래도 남아 있으신 분들이 있기에 아직도 제
이야기가 그 분들 입에 오르내리고 있는 소식을 간간이
듣고 있습니다.

좋은 이미지로 추억이 서려 있는 곳,

따뜻하고 정 많았던 남면의 주민들,

그 분들의 안부가 궁금합니다

우리집 청개구리

학교 선택 개굴개굴
직업 선택 개굴개굴

조바심도 내어봤지만
중년이 되고야 보니
흔들리는 바람에
세월이 아쉽다

하고 싶은 일 지켜봐 달라며
등 뒤에서 꼭 안아주는
우리 아들
그래 그래 사랑한다

안부가 궁금합니다 20
- 내 딸 아영이

딸을 보낸 직후 서울 아산병원에서는 920g정도의 아이를 살려냈다는 뉴스를 접했습니다. 최근에는 250g인 아이를 살렸다는 뉴스를 접하니 마냥 눈시울이 붉어집니다.

한동안 잊고 살았는데 내게도 예쁜 딸이 있었습니다. 태명으로 예쁠 아, 꽃부리 영, 아영이라 이름부터 지어놓고 건강하게 행복한 가족의 인연이기를 바랬습니다.

당시 나는 뱃속의 아이를 데리고 매일 출근해서 야근을 밥 먹듯이 했고 휴일도 거의 잊고 근무하기 일쑤였습니다. 열악한 환경에서 심한 입덧으로 제대로 먹지도 못했습니다.

어느 날 깊은 밤에 갑자기 창문이 덜컹덜컹 하더니 옷장 전체에 흰 천이 드리워지며 펄럭였습니다. 심신이 쇠

약한 상태에서 침대가 들고 일어나는 헛것이 보이기 시작했습니다.

"여보! 여보!"

갑작스런 비명에 놀란 남편이 가까스로 잡으며 진정을 시켰습니다.

다음 날, 하혈을 했고 배가 너무 아파 119에 실려 병원으로 갔습니다. 일곱 달 반 만에 930g으로 얼굴을 내민 아이가 곧바로 인큐베이터로 들어갔습니다.

하룻밤 자고 일어날 때마다 좋아졌다 나빠졌다를 반복했습니다. 그리고는 100일이 되던 이른 봄날에 꽃길 타고 하늘나라로 가버렸습니다.

인명은 재천이라지만 그때 혹 서울로 갔었더라면 지금쯤 한창 어여쁜 아가씨가 되어있을 겁니다.

예쁜 봄꽃들이 바람에 흩날리며 춤을 춥니다.

두 손 모아 꽃을 받아봅니다.

꽃잎은 잠깐 내 손안에 머물다

바람 타고 흩날립니다.

꽃길 타고 가던 길,

꽃길 타고 머문 곳,

오늘처럼 꽃들이 날리면

언젠가 하늘나라에서 만나게 될

내 딸 아영이의 안부가 궁금합니다.

눈물 나게 궁금합니다.

안부가 궁금합니다 21
- 남편의 앞마당

앞마당 맷돌 옆에는 복수초, 철쭉, 목련화, 그리고 이름 모를 꽃들이 풍성했습니다.

울타리 두릅나물, 그 밑에 꼬들바귀, 민들레를 데쳐도 먹고, 사시사철 푸르른 소나무 옆엔 더덕향이 솔솔, 주목 나무의 새들은 즐거워라, 아침부터 일찍 노래를 불렀습니다.

화단의 구색을 맞추기 위해 가져다 놓은 벌통엔 벌들이 떼를 지어 윙윙 노래하고 달콤함 유혹에 빠져든 나비떼 덩달아 여기저기 춤을 추곤 했습니다.

한여름 맴맴 매미소리, 찌륵찌륵 풀벌레소리 한철을 만 끽하고, 뒤를 이어 질새라 귀뚜라미 울음소리 가을의 향 연을 즐겼습니다.

흑장미 휘어감은 담쟁이 너머로 잠자리떼 수놓고 하늘엔 기러기떼 날았습니다.

사시사철 만물의 소리에 달덩이 같은 다알리아꽃은 환하게 우리집을 비췄습니다.

남편의 손길로 추억이 많은 앞마당, 읍내에 터 잡고 있지만 여전히 시골의 자연을 담고 있는 풍경입니다.

닭장 속 오골계는 어김없이 새벽이면 부지런을 떨어 꼭 두새벽 눈을 뜨게 하고 곤히 잠든 동네 사람 누가 들을새라 가슴 졸이며 이불을 끌어다 얼굴을 덮고는 했습니다.

"여보, 다 좋은데 이건 민폐야, 민폐!"

이웃 눈치 보느라 곧 처분했지만 닭장에서 따끈따끈한 오골계알 하나 꺼내 탁 터트려 들기름 뿌려 꿀꺽 입으로 넣던 남편의 모습은 세상에 둘도 없이 행복한 모습이었습니다.

이사로 아쉬움이 많았습니다.

지난 해를 마지막으로 남는 건 사진이라고 몇 장 찍어 놓았습니다.

생긴 거와는 다르게 꽃을 좋아하고 자연을 사랑했던 남편의 손길로 애정 가득 했던 앞마당이 가끔 생각이 납니다.

이제는 새 주인이 또 다른 모습으로 봄 여름 가을 겨울을 만끽하겠지요?

만물이 소생하는 봄입니다.

남편의 사랑이 구석구석 스며들었던 그 집 앞마당에는 여전히 봄노래가 가득한지 안부가 궁금합니다.

안부가 궁금합니다 22
- 꿀벌들에게

주말이라 달콤한 휴식을 취하고 있는데 남편으로부터 톡이 하나 왔습니다.

벌 한 통을 받았다고 자랑입니다.

이발소 형님이 재작년에 벌을 한 통 주신 것을 계기로 시작했는데 이제는 전문가 냄새를 솔솔 풍깁니다.

〈나는 자연인이다〉, 남편이 부럽다며 자주 보는 TV프로그램입니다. 그만큼 자연인의 삶을 꿈꾸고 있습니다. 사슴도 염소도 토종닭도 키우며 그렇게 살고 싶다고 했습니다.

요즈음 달콤한 꿀농사에 빠져 공기 좋은 산을 뒤지며 자연과 친화되는 모습을 보니 평소 자연을 그리워하고 소망이었던 남편의 꿈이 한발짝 성큼 다가선 것 같아 꿈은 반드시 이루어진다는 말을 실감해봅니다.

꿀을 뜨면 제일 먼저 아버지께 드릴 거랍니다.

아버지는 어릴 적 급토사로 죽을 뻔했는데 꿀을 드시고는 한 방에 나셨다는 효염을 몇 번이나 말씀해주실 정도로 꿀을 좋아하십니다.

그 다음으로 이웃 친구와 동생들에게 줄 거랍니다. 우체국 시설물이 망가지면 떼를 지어 즉시 달려오는 분들입니다. 우체국에 인력이 부족할 때도 남편의 지인들은 어김없이 달려옵니다. 우편업무가 폭주해서 과부하가 생길 때마다 큰 힘이 되어주시는 분들입니다.

엄청 추운 작년 겨울 시래기 홈쇼핑 택배 발송으로 인력이 딸려 힘들어할 때 그분들이 달려와 며칠을 형수님 일이라며 도와주셨습니다.

오후에 남편이 구경 삼아 벌통을 보러 가자고 합니다.

벌에 쏘일까 봐 걱정도 되었지만 궁금증이 더 커서 살며시 따라나섰습니다.

경치 좋은 소나무 밑에 벌들이 근사하게 자리 잡고 있습니다. 남편은 벌통 하나하나에 정성의 손길을 건네줍니다.
꿀벌도 남편 찾아 날아드는 걸 보면 남편이 좋아한다는 것을 아는가 봅니다.

좋은 산 공기에 콧노래가 절로 나옵니다.
뉘엿 뉘엿 지는 해에 하루 종일 윙윙거리던 벌들도 달콤한 꿀 속에 파묻혀 잠을 청합니다.

내려오는 길에 어스름한 양구의 밤 경치를 바라봅니다. 시끌벅적하던 하루 모두가 각자 달콤한 가족의 쉼터로 돌아간 양구읍내의 아름다운 불빛이 화려한 꽃들을 대신합니다.

"무슨 잘못을 그리도 했길래 맨날 벌을 받아요?"

말장난으로 남편의 옆구리를 찔렀습니다

"좌우지간 요즘 벌은 받을수록 좋네."

남편은 능숙하게 말장난을 받으며 호탕하게 웃습니다.

그때 이발소 형님으로부터 전화가 왔습니다. 자기네 벌
통의 벌이 다 달아나버렸다며 남편에게도 3일간은 잘 지켜
보라고 당부를 합니다.

"우리 벌들은 괜찮을까?"

"그러게?"

갑자기 좀 전에 보고 온 벌들의 안부가 궁금합니다.

남편의 정성이 깃든 것을 알기에 제발 오래 함께 해주기
를 바라는 마음으로 벌들의 안부를 묻습니다.

안부가 궁금합니다 23
– 박○○ 중사님

남편이 말하기를 정말 잘 생긴 형이 있었다고 합니다. 바로 위에 형인데 무척 잘 해줬기에 보고 싶다며 가끔 형의 이야기를 꺼냅니다.

남편은 어렸을 때 동네에서 알아주는 골목대장이었답니다. 극기 훈련한다며 장맛비로 흙탕물 흐르는 강을 먼저 건너는 시범을 보이고는 아이들도 따라하게 해서, 놀란 아이들이 울며 집으로 가는 바람에 어머니께 따지러 오는 부모님이 꽤나 있을 정도였답니다.

중학교 방학에는 집안의 만류에도 불구하고 제주도로 무전여행을 떠났는데, 배가 묶여 한 달간 연락이 안 되어 부모님께 태산 같은 걱정도 안겨드렸다고 합니다.

지금이야 핸드폰이 있어 바로 연락할 수 있다지만 그 당시는 전화도 제대로 없었던 때였으니 부모님들의 마음

고생이 오죽했겠습니까?

그때마다 형이 구세주처럼 나타나셨다고 합니다. 동생을 너무 잘 알고 있기에 어머니께는 항상 걱정 마시라며 자기가 알아서 잘 돌보겠다고 하며 감싸주셨던 듬직한 형이었답니다.

그런 형이 군대에서 마지막 휴가를 끝으로 영영 세상을 떠났다고 합니다.

어느 날, 폭풍이 몰아치는 배에서 순직했다는 소식을 끝으로 영영 이별을 했다고 합니다.

어느덧 47년이 지난 까마득한 옛날 얘기입니다.

형이 보고 싶다는 남편과 예쁜 꽃을 사들고 국립서울현충원에 동행했습니다.

안치된 자리 번호를 외웠는데 금방 찾지 못해 둘이 각

자 이리저리 헤매다 남편을 보니 한 자리에서 미동이 없습니다. 부랴부랴 재촉해서 남편 곁으로 갔습니다.

박ㅇㅇ 중사!

남편은 묘비에 새겨진 이름 세 글자만 멍하니 바라보고는 말이 없습니다.

내가 할 수 있는 건 마음으로 위로해주고 그냥 가만히 있어주는 겁니다.

그렇게 몇 분을 지켜만 보다 힐끗 남편을 보았습니다. 평소 터프하고 강하다고 느꼈던 남편이 바람에 금방 꺾일 듯합니다.

남편을 위로라도 하듯이 부슬부슬 비바람이 남편의 볼을 스쳐갔습니다.

곧 현충일이 다가옵니다. 남편은 형님 생각에 핸드폰의 사진을 꺼내어 조용히 들여다봅니다. 아주 잊힐까 봐 그리움에 고이고이 폰 속에 간직해놓은 형의 이름 세 글자가 새겨진 묘비의 사진이 형과 함께 했던 지난 날을 불러오나 봅니다.

현충일이 다가오니 청춘을 나라에 바친 선열들이 아른합니다.

그 중에서도 남편에게 언제나 듬직한 형님으로 살아계신 박ㅇㅇ 중사님의 안부가 궁금합니다.

조국을 위해 희생한 모든 분들이 영면에 드시기를 바라며, 머리 깊이 숙여 박ㅇㅇ 중사님의 안부를 묻습니다.

안부가 궁금합니다 24
– 작은 밭을 일구는 아버지

부처님 오신 날 동강사 노보살님께서 아버지 갖다 드리라며 떡이랑 부치기를 까만 봉지에 담아주셨습니다. 좋아하실 것 같아 바로 아버지 댁으로 향했는데 안 계시네요.

'곧 돌아오시겠지?'

그리고는 새벽부터 운동하랴 절 다녀오랴 쌀쌀대며 부지런 떨었던 터라 편안한 아버지의 방에 들어서자마자 억수로 쏟아지는 잠에 깜빡 했습니다.

눈을 떠보니 한참이나 지났는데 아버지는 들어오시지 않았습니다.

평생을 일밖에 모르고 살아오신 아버지는 지금도 당신의 몸을 움직여서 담배값을 충당하시고, 자식들에게 직접 지은 농산물을 주시는 것을 보람으로 살고 계십니다.

밭일을 갔다 오셨어도, 마을회관엘 다녀오셨어도, 벌써

집에 계셔야 할 시간인데 은근히 걱정이 앞섰습니다.

　남편에게 알리고 부랴부랴 아버지를 찾아 나섰습니다.
자전거를 즐겨 타시는 아버지의 운동코스를 중심으로 자
주 가시는 곳곳을 뒤졌습니다. 아버지가 계실 만한 곳은
어디에도 보이지 않았습니다.

　이제 남은 곳은 딱 한 곳, 논으로 향했습니다.
　농번기라 좁은 농로에 트랙터와 차들이 즐비합니다.
　겨우겨우 농로를 타고 끝자락에 다다르니 농로 끝에 있
는 작은 밭에 아버지가 앉아계십니다.
　"아버지! 아버지!"
　순간 반가워서 큰소리로 불렀습니다.

　논둑을 타고 뛰다시피 아버지한테 다가가니 심다만 씨

앗들이 흐트러져 있고, 아버지는 하는 일이 마음대로 쉽지 않은지 넋을 놓은 듯 앉아계셨습니다.

그런 아버지를 보는 순간 반가움은 사라지고 가슴이 먹먹해졌습니다.

10년 전만 해도 주변 대부분이 아버지 논이라 땅부자 소리를 들었는데, 이제 다 팔아버리고 300평 정도 되는 작은 밭이 전부였습니다.

아버지는 그 밭을 일궈서 자식들에게 줄 콩, 팥, 깨와 옥수수를 심고 계셨습니다.

아버지는 그제야 우리를 보고 씩 웃으십니다.

급히 챙겨간 음료수를 드렸더니 입구 쪽을 가리키며 아침 6시에 나올 때 싸가지고 온 빵이라며 우리 보고 먹으라 하십니다.

그 와중에서도 오로지 자식걱정을 하고 계십니다.

"아버님, 시력도 안 좋으신데 자전거 타시다 둑에서 구르시면 큰일 나요."

남편이 걱정이 되어 한마디 건넵니다.

"놀기 뭐해서 심심해서 운동 삼아 하는 거야."

툭 던지시는 아버지의 말 속엔 오로지 자식을 사랑하시는 마음이 읽혀졌습니다.

남편은 아들이 어렸을 적에 정신없이 나가 노는 것을 집 잃어버린 것으로 알고 차를 몰며 여기저기 찾아 헤매던 얘기를 들려 드렸습니다.

"아버님이 지금 딱 그런 상황이십니다."

"허허! 그런가?"

아버지의 너털웃음에 우리는 박장대소를 했지만 아버지의 쓸쓸한 미소를 보고 얼른 멈춰야 했습니다.

들판에 해가 뉘엿뉘엿 지기 시작했습니다.

이제부터 심은 곡식을 수확할 때까지는 비상 돌입 모드입니다.

핸드폰을 가지고 다니시라고 늘 말씀드리지만 아버지는 귀찮다고 그냥 다니십니다. 하긴 핸드폰을 가지고 다녀도 자전거 운전 중에 울리면 더 위험한 일이 생길 수 있으니 오히려 낫겠다 싶기도 합니다.

둑이 상당히 높습니다.

아버지 오르내리시기에도 벅차 보입니다.

이 순간에도 집에 편히 계시지 않고 작은 밭을 일구느라 둑을 오르내리시는 아버지의 안부가 궁금합니다. 차마 더 이상 말리지 못하고 가을 수확 때까지 무사하시기만을 빌고 빌며 아버지의 안부를 묻습니다.

안부가 궁금합니다 25
- 아버지의 안보

을지훈련 기간이라 새벽 6시에 비상소집이 있었습니다. 출근시간까지 좀 여유가 생겨 국거리 포장을 사서 아버지를 찾아뵈려고 한우 식당에 들렀는데 이른 시간이라 문이 닫혀 있었습니다.

어쩔 수 없이 CU에서 따뜻한 베지밀과 아버지가 좋아하시는 컵라면 몇 개를 사서 들렀습니다.

"잘 사왔구나."

아버지는 딸의 손에 든 컵라면을 보고 화색이 만연했습니다.

그러시면서 "허허, 네가 담배값을 줬다더구나. 담배값은 왜 그리 비싼지 원, 쯧쯧. 오늘부터는 담배를 끊으려고 하니 쓸데없는 돈 쓰지 말거라." 하십니다.

사실 아버지께서는 집 앞 CU에서 가끔 담배를 사시는데 간혹 깜빡하시고 돈을 안 챙겨 가실 때가 있으십니다. 마음씨 좋은 주인은 다음에 달라며 외상으로 담배를 내어 주시곤 했답니다.

　그 사실을 알고 나는 아버지께서 소소한 즐거움을 느끼시기를 바라며 작은 서프라이즈 이벤트로 담배 몇 갑을 미리 결재해 놓았었습니다

　평생 피워온 담배를 어머니도 생전에 못 말리셨는데 끊으실 수 있으려나 하는 생각에 웃음이 터져 나올 뻔했지만, 꾹 참고 제발 끊으셨으면 하는 바람으로 꼭 그러셨으면 좋겠다고 맞장구를 쳐드리긴 했지만 이제 담배를 끊는 일은 어려운 일이라는 것을 너무도 잘 압니다.

　컵라면을 반쯤 드시더니 아버지는 TV에서 을지훈련 이

야기를 보셨다면서 자연스레 군대생활을 풀어 놓으셨습
니다.

남자는 역시 군대 이야기를 할 때 신이 나는가 봅니다.
조금 전까지 피곤하시던 아버지 얼굴에 화색이 돌았습니
다.

아버지는 2사단 31연대 9중대 보병 출신이시랍니다. 요
즘 정부에서 지뢰제거를 하고 있다는 이야기를 하시면서
군복무 당시에 월운리 저수지 비득고개 너머에 많은 지뢰
를 직접 묻었다는 이야기를 들려주십니다.

"나 같은 노병들한테 알려달라고 하면 좀 더 쉽게 찾을
수 있을 텐데…."
언젠가 유해발굴단이 양구에 오시는 걸 보면서 넋두리

처럼 아쉬워하시던 말씀이 떠오릅니다.

조국의 부름을 받아 성실히 군복무 잘 하시고 그 용기
와 열정으로 험한 세상 자식을 위해 헌신의 삶을 살아오
신 아버지, 6.25전쟁은 아버지가 평생을 살아오신 양구에
많은 상처를 남기고 있습니다.

아버지는 평생 전쟁의 아픈 기억을 품고 살아오셨습니
다. 그런 아버지의 삶을 살짝 들여다보니 저절로 감사한
마음이 밀려옵니다.

더 이상 안보걱정에 염려 푹 놓으시고 이제는 자식들이
아버지의 안보를 지켜드리니 모쪼록 아버지께서는 좋은
세상만을 오래오래 누리셨으면 하는 마음으로 안부를 전
합니다.

안부가 궁금합니다 26
– 자식의 서툰 표현법

"앞으로 걸어 봐라. 뒤돌아 봐라."

"색깔이 곱구나. 참, 예쁘구나."

"색깔이 너무 튄다. 머리스타일은 그게 뭐니?"

한창 멋 부릴 이십대 때 이것 입고 저것 신고 둔갑술을 부릴 때면 아버지께서는 어김없이 이래라 저래라 코멘트로 내리사랑 가득 주셨습니다.

그런 아버지께 효자노릇을 톡톡히 하는 건 자식이기보다 녹슨 자전거였습니다. 논물을 보러 가실 때도, 5일장을 보러 가실 때도, 자식들 마중 나올 때도, 언제나 자전거가 함께 했습니다.

작년 가을에 아버지는 자전거를 논둑 위에 세워 놓고 논물을 보러 내려 가시다가 네 발 달린 오토바이를 타고 지나던 90넘은 어르신이 아버지의 자전거를 툭 치는 바람에 아버지도 함께 구르면서 타박상으로 피를 보았습니다.

네 발 오토바이를 타고 사고를 내신 어르신은 더 심하게 논둑방 아래로 굴렀고 위험에 처했답니다. 엎친 데 덮친 격으로 아버지께서는 그 날도 핸드폰을 집에다 두고 나오셨기에 연락할 방법도 신고도 할 수가 없었습니다. 그래도 아버지는 당신보다 더 많이 다친 어르신을 살려야겠다는 생각에 초인간적인 힘을 발휘했다고 합니다. 얼른 논둑 끝으로 나와 손을 흔들어 지나던 차량을 불러 세웠답니다. 마침 지방선거 운동기간이라 지나던 선거차량이 눈에 띄었고, 좁은 논길이라 설명하려면 오히려 시간이 더 걸릴 것 같아 아버지는 그 차량을 타고 직접 119센터로 가서 위치를 알려주어 빠르게 이송시키려는 마음이 커 돌아왔을 때는 다행히 생각했던 것보다 크게 다치지 않으

신 어르신을 보고 안심이 되었고 동행한 119안전센터에
서는 자녀에게 연락했답니다. 젊은 아들이 도착하자마자
어르신에게 대뜸 한소리를 했답니다.

"그러기에 왜 집에 있지 않고 밖으로 나다니셨어요?"

그 순간 옆에서 아버지가 더 놀라셨답니다. 자식에게
한소리 듣는 어르신의 처지에 씁쓸히 입술을 깨물며 지켜
볼 수밖에 없으셨다고 합니다.

어느 새 88세가 되신 아버지, 그동안 시력이 많이 나빠
져서 수술도 하셨고, 이제는 다리에 힘도 없으시다며 거
의 매일 함께 하던 자전거를 세워두는 날이 더 많아졌습
니다.

며칠전 일요일, 아버지께 자전거 대신 딸의 자동차로
따사로운 봄바람을 쐬자고 했습니다. 아버지가 좋아하는

전병과 떡, 음료를 사서 차 안으로 모시는데, 차에 타는 것조차도 버거워 하시는 모습에 이젠 아버지가 자전거 타실 일은 거의 없을 것 같아 괜히 눈시울이 붉어졌습니다.

선사박물관에 도착하자 아버지는 자전거로 옛날에 온 적이 있으시다면서, 그때에 비해 많이 좋아졌다며, 소나무도 울창하고, 동물 조형물도 있으니 마치 창경원에 오신 것 같으시다며 환하게 웃으셨습니다.

"갑자기 웬 창경원이에요?"
"젊었을 때 서울 을지로 3가에 살았으니 그때는 창경원 구경이 최고였지."

아버지에게도 젊은 시절이 있었습니다.
이곳 양구에 오시기 전에는 아버지에게도 화려했던 서

울생활이 있었습니다.

음식을 펴놓고 드시면서 작년 이맘때 병원에서 아들에게 구박을 받던 어르신이 생각난다고 합니다.

"그 노인네 집에 가서도 자식 걱정시켰다고 구박 좀 들었을 거야. 너무 안 됐어. 나이도 많은데. 그 노인네 지금 잘 있나 모르지?"

아버지는 아직도 그때의 일을 가슴 아프게 기억하고 계셨습니다.

괜히 가슴이 철렁합니다. 아버지 걱정한다고 무심코 내뱉는 나의 말들이 아버지의 가슴에 비수를 꽂지는 않았는지, 자식으로서 할 말 못할 말 제대로 챙기기는 했는지 괜히 죄송하기만 합니다.

에이, 아버지. 그 자식이 표현법이 서툴러서 그런 거지
어디 아버지 미워서 그런 거겠어요.
  차마 아버지께 말로 꺼내지는 못하고 속으로만 속삭여
봅니다.

  그러고 보니 그때 그 어르신,
  살아는 계시는지….
  네 발 달린 오토바이는 아직도 타고 계신지,
  녹슨 헌 자전거를 세워 놓으시는 날이 갈수록 더 많아
진 아버지를 생각하니 은근히 그 어르신의 안부가 궁금합
니다.
  어르신, 무탈하신 거죠?
  괜찮으신 거죠?

금이 산더미같이 쌓이라고

4부

어머니

살갑게 두 손 잡아주시던
어머니의 표정이 낯설다

금세 노니던 기억은 말없이 달아나고
장롱 속에 고향을 꺼내어 보따리를 싼다

세월에 밀려왔던 길 다시 돌고 돌아서
추억의 고향에 어머니가 서 있다

고향은 호수된 지 아마득한데
내일은 꼭 다녀와야지
동네 한 바퀴

주섬주섬 싸놓은
보따리가 가볍다

안부가 궁금합니다 27
– 그리운 별들에게

회사에서 퇴근하다 기숙사 잔디밭에
두 팔을 베고 벌러덩 누워버렸습니다.
까만 밤하늘 별들이 촘촘합니다.

나도 모르게 소설 속에 주인공이 되어 중얼중얼 별을
헤고 있습니다.
별 하나 나 하나 별 둘 나 둘….
그리운 별 하나 보고픈 별 하나
엄마 별 아버지 별 언니 별 오빠 별 동생 별….
그립다 못해 사무치도록 보고 또 보고 싶습니다.

어릴 적 여름이면 나무마루에 올라앉아 더위를 식히곤
했습니다.
아버지께서 잘 익은 수박을 통통 두들기기가 무섭게 쩍
갈라놓으면 설탕 가득 즐거운 비명소리에 달달한 참외는

덤이었습니다.

  마당가에 노랗게 열린 개똥참외도 여름밤의 별미였습니다. 구수하게 찐 옥수수 알알이 세어 먹으며 수많은 별들의 잔치속에 부모님과 형제들의 웃음 가득한 박수를 받으며 불러대는 나의 노래는 옥수수 하모니카를 타고 하늘 높이 높이 밤 늦도록 올라 올랐습니다.

  행복했던 가족의 얼굴들이 슬라이드 영상처럼 하나하나 떠오르고 조금만 참으면 집에 갈 날만 손꼽아 기다림은 하루가 열흘 같아 진한 그리움은 별이 되어 더욱 반짝입니다.

  엄마의 따듯한 정성이 담긴 음식이 그립습니다.

  김치도, 동치미도, 감자투생이도 입안엔 군침이 돌고 나도 모르게 눈가에 미소가 번집니다.

너무도 먼 타향살이 열일곱 살 소녀는 가족이 너무도 너무도 그리웠습니다.

　부모 밑에서 귀여움 받으며 엄마가 차려주시는 따듯한 밥을 먹으면서 학교에 다니는 친구들이 부럽고 부러웠습니다.

　밤이 점점 깊어갑니다.

　손가락 짚어가며 꼭꼭 쥘 때마다 별도 함께 흘러 내립니다.

　이 밤에 별이 흐르고 내일 밤도 별이 흐르면 고향 가는 날이 가까워옵니다.

　그랬던 그 작은 소녀의 별들을 중년이 넘어서야 가슴으로 맞으며 나도 모르게 다시 중얼거려지는 별 하나 나 하나 별 둘 나 둘….

외롭고 그리움에 떨던 나에게 친구로 다가왔던 별들의
안부가 궁금합니다. 여여로운 미소를 담아 지난 세월의
안부를 묻습니다.

유난히 별이 반짝 거립니다.

밤이 깊도록….

안부가 궁금합니다 28
– 총각선생님과 어머니

중학교 때 까만 뿔테 안경을 끼고 교생실습을 나온 유일한 총각 선생님은 여학생인 우리들의 우상이었습니다.

수학을 싫어하는 내가 언제부턴가 수학시간을 기다리고 수업에 집중하면서 점수도 잘 나오기 시작했습니다.

선생님도 적극적으로 수업에 임하는 내 모습이 기특해 보였는지 예뻐해 주셨습니다.

비오는 어느 날, 수업 시간에 창밖을 보며 친구들이 집에 갈 걱정으로 웅성거릴 때 선생님은 나를 보고 말씀하셨습니다.

"금산이는 우산 없어도 되겠다. 가방에 넣어 가면 비는 안 맞을 테니."

"꺄악! 꺄아악!"

나는 친구들의 벌떼 같은 야유에 부러움도 받았습니다.

선생님도 열심히 수업을 따라주는 학생이 예뻤을 터입니다.

중학교 졸업 후 나는 다른 지역 고등학교로 진학했습니다. 1년 후, 한여름 춘천에서 양구로 가는 버스를 타기 위해 친구 셋이서 정류장에 도착했는데 휴가철이라 막차가 매진되었습니다.

날은 어두컴컴해지고 눈앞이 캄캄했습니다.

버스와 버스 사이를 왔다갔다 안달이 났습니다.

앗!

"너, 금산이?"

헉!

"선생님!"

그때 총각선생님과 딱 마주쳤습니다.

선생님은 손가락으로 나를 가리키고 그냥 그 자리에 몇 초 간 서 계셨고, 나는 눈을 휘둥그레 뜨고선 꼼짝조차 할 수 없었습니다.

    잠시 후 어쩌고 저쩌고 자초지종, 우리들의 사정을 들은 선생님은 선생님댁에서 하룻밤 묶고 출발하라고 하셨습니다.

    앗싸, 무작정 설레고 신이 났습니다.

    선생님댁은 춘천시내를 벗어난 시골에 나무 울타리 사이사이로 예쁜 꽃들이 수놓은 곳에 있었습니다.

    어머님께서 우리를 반가이 맞아주셨습니다.

    어머니께서 내주신 방에서 친구들과 밤늦게까지 수다를 떨다가 언제 그랬냐는 듯 지쳐서 곤하게 잠에 빠져 하룻밤을 보냈습니다.

    아침에 일어나니 어머니께서 진수성찬을 차려주셨습니다. 우리는 맛있게 싹싹 비우고 그렇게 돌아왔습니다.

    사회인이 되어서 우연히 알게 된 장학사 선생님께 총각

선생님 이야기를 하고 찾고 싶다고 했습니다.

동두천 D여고에 계시다는 소식을 알려주셨습니다.

"선생님, 저 금산인데요?"

수십 년이 지났음에도 전화로 목소리와 이름 석자만 듣고도 대뜸 알아주시고 반가워하시니 너무 좋고 행복했습니다.

선생님은 몇 년 후에 퇴직하시고 춘천에 계시다는 소식을 전해주셨습니다.

춘천은 한때 아들 학교 때문에 살기도 했고, 대학과 대학원도 다녔던 곳이라 손바닥 뒤집듯 훤한 곳입니다.

전화를 드렸더니 동문들과 양구에 오실 일이 있어서 한번 들르신다고 하셨습니다.

날짜는 여유있게 정했습니다.

그런데 갑자기 날짜가 변경이 되어 지금 들르신답니다.

아뿔싸!

근사하게 성장한 모습, 이왕이면 예쁘고 단정한 모습을 보여드리고 싶었는데, 그 날은 우체국 곰취 택배로 365일 중 가장 바쁜 날 중에 하루입니다.

거울을 들여다보니 작업복 차림의 내 모습은 완전 촌닭입니다.

그래도 어쩔거나!

옷맵시를 연신 만지며 마음 속 난리를 쳤습니다.

'못 알아 보시면 어쩌지?'

'걱정도 팔자다.' 라고

되뇌며 선생님을 기다렸습니다.

마침내 선생님이 우체국 현관문을 여셨습니다.

아, 그립고 보고 싶었던 선생님!

나를 보자마자 안아 주십니다.

나는 그만 소녀가 되어 폭 안겼습니다.

흰머리가 희끗희끗 멋있게 나고 근사하고 품위 있게 연륜을 빛내시는 선생님, 나의 선생님!

방문기념 사진을 예쁘게 찍었습니다.

차를 나누면서 오래된 기억을 더듬었습니다.

망아지 같은 소녀를 3명씩이나 맞아서 반갑게 환대해 주시고 잠자리까지 챙겨주시고, 따뜻한 밥 가득 담아 진수성찬을 차려 주셨던 선생님의 어머님 소식도 들을 수 있었습니다. 지금도 건강히 잘 지내신답니다.

지난 날 어머님의 환대에 감사드리고자 우체국 곰취찐 빵을 보내드렸습니다.

벌써 몇 년 전의 일입니다.

선생님, 어머님, 곰취찐빵 맛있게 드셨는지요?

세월이 흘러도 잊지 못할 추억을 새기며 안부가 궁금합
니다.

건강히 잘 계시는 거죠?

지난 날들을 추억하고 감사드리며 선생님과 어머님의
안부를 묻습니다.

안부가 궁금합니다 29
- 젊은 기타 선생

방구석 귀퉁이에 먼지 낀 기타가 걸려 있습니다.
기타를 친다고 폼 잡고 다닌 지 몇 년,
폼생폼사 폼만 잡다 허수아비 경력만 늘었습니다.

나이가 드는 것에 대한 두려움에 안간힘을 쓰기라도 하
듯 뭔가라도 잘 하고 싶어서 음악 창작활동을 하기로 하
고 기타를 배우기 시작했습니다.
설렘의 심장이 쿵쾅거립니다.

서울서 활동하다 몸이 아파 휴양차 온 젊은 박선생은
곧 나의 기타 스승이 되었습니다. 벌써 세 달이 되어 가
는데 연습은 너댓 번 정도만 할 정도였으니 건강이 안 좋
긴 정말 안 좋은 것 같습니다.

수업이 있어 오기로 한 오늘도 코피가 안 멈춘다고 전

화가 왔습니다. 수술을 해야 하기에 당분간 수업을 못할 것 같다고 기약도 없는 예고를 알렸습니다.

아픈 사람은 오죽하겠냐만 잦은 수업 펑크 이유를 몰랐을 땐 살짝 실망도 했습니다. 기타 실력 느는 것은 잦은 만남이 아니라 스스로 연습을 얼마만큼 하느냐에 있다고 다짐도 해보지만 평소 여유 있고 감흥이 있을 때만 튕겨보는 기타는 일 중에서 언제나 나중 순위로 밀리다 보니 수업이 펑크 날 때면 밀려오는 아쉬움은 어쩔 수 없습니다.

하지만 어쩔거나?

젊은 사람이 몸이 아파서 휴양차 왔다가 수시로 병원에 들러야 한다니 내 마음도 아프기만 합니다.

서울 선생을 만나고 짧은 시간이지만 실력이 향상되는 것을 느꼈기에 기약 없는 서울 선생을 믿고 기다리기로 합

니다. 수술 날짜 잡혔다니 수술이 잘 되기를 간절히 기도
할 뿐입니다.

　미세먼지로 전국이 난리라는데 양구는 미세먼지 농도
도 좋으리만큼 청정지역입니다.
　양구에 오시면 10년이 젊어진다는 슬로건이 괜히 생긴
말이 아닙니다.
　두 말할 필요없이 젊은 선생의 건강도 좋아질 것이라
믿습니다.

　기타에 먼지가 쌓일수록 젊은 선생의 안부가 궁금합니
다. 매일매일 기도하는 마음으로 젊은 선생의 안부를 묻
습니다.

안부가 궁금합니다 30
- 펀 트롯밴드

그동안 억눌려 있던 끼를 모아모아 5인조 트롯음악밴드 그룹을 겨우 만들었습니다.

퇴근 후 복지회관에서 즐거운 음악 연습으로 뚱땅거리기 시작했습니다.

매끄럽지는 않았지만 농촌지역에도 밴드가 생겼다는 게 지역 사람들에겐 신기하게 느껴졌나 봅니다.

면장님께서 한해를 마무리하는 자리에 공연을 부탁했습니다.

2013년 12월 31일 군관민 주민대표 200여명이 지역복지회관에 모였습니다.

"돌아보지 말아 후회하지 말아…."

노사연의 '만남'을 시작으로 따라 부르기 쉽고 신나는 '소양강 처녀'를 부르니, 지역에서 평소 단정한 공무원의 모습으로만 보였던 우체국장의 멋드러지게 불러대는 이미지 반전의 모습이 무척이나 신기한 듯 주민들은 박수와 함성으로 환호해 주셨습니다. 농촌에서 보기 힘들었던 밴드 생음악에 열렬한 응원을 보내주셨습니다.

선사박물관, 여성의 날, 농민의 날, 노인의 날, 양록제 등 지역 공연에서 양구군민들과 함께 해온 지 6년이 되었습니다.

화음을 내기까지 우여곡절이 많았습니다.

기타면 기타 드럼이면 드럼 보컬이면 보컬 서로 다른 악기만큼이나 서로 다른 직업군들이 모여 있기에 화음을 맞추기가 쉽지만은 않았습니다.

내일 모레가 음악회인데 목구멍이 포도청이라 한 회원이 부득이 빠져야 할 때도 있었습니다. 음악을 하는 사람이 가뭄에 콩나듯 하는 농촌이니 대체 인력을 구하기도 쉽지 않은데 말입니다.

양구에서 최초의 트롯밴드로 소문이 나면서 봉사도 많이 하니 지역문화복지 사업으로 면사무소 복지관을 대수선하여 음악실을 근사하게 리모델링 해주고, 필요한 악기도 구입해주었습니다.

준공식 행사에서는 군수님과 각 기관단체장님들 앞에서 트로트음악으로 멋들어지게 답례도 했습니다.

우리 밴드를 선례로 각 면마다 밴드 지원을 하기 시작했습니다.

양구는 작지만 문화예술활동을 하기 좋은 곳입니다. 군에서 관심도 많고 지역주민들도 관심이 대단합니다.

학교에도 한 학교 두 학교 어린이 고적대에서 밴드음악

으로 갈아타며 지원도 잘 되고 있습니다.

군인이 주둔하는 양구에서 민관군이 소통과 화합하기에는 음악만큼 좋은 게 없습니다.

봄이 옵니다.

만물이 소생하듯 음악을 사랑하는 끼도 움찔거려 나의 손은 자연스레 회원들의 휴대폰에 신호를 보냅니다.

생업이 있기에, 공연이 끝나면 서로 헤어져야 하기에 곁에 없으면 언제나 소식이 궁금합니다.

생업에 종사하느라 펀 트롯밴드에 전념하지 못하는 것을 항상 미안하게 생각하는 구성원들의 안부가 궁금합니다.

봄이 오니 또 뭉쳐야겠습니다.

봄기운 핑계로 조심스레 안부를 묻습니다.

안부가 궁금합니다 31
– 김금산에게

금이 산같이 쌓이라고 할아버지께서 지어주신 이름이라 합니다.

학창시절 내내 출석을 부를 때면 선생님들이 꼭 한 마디씩 했습니다.
"이름이 참 좋구나!"

지금도 어디 교육이라도 가게 되면 관심있는 분들이 꼭한마디 하십니다
"이름이 참 좋네요!"

우체국에 와서는 소포가 곧 금이니만큼 소포가 산더미같이 쌓이라는 말로 새겼습니다.

이름은 생각을 만들고 생각은 꿈을 이뤄준다는 말을 믿

습니다. 지금 저에게는 금산처럼 모든 것이 이뤄지고 있
으니까요.

2008년 우편마케팅 대상을 받았습니다.
어느덧 11년이 흘렀습니다.
정상은 오르기보다 지키기 위한 노력이 더 어렵습니다.

새로운 고객을 모시는 것이 정상에 오르는 길이라면 기
존 고객을 잘 관리하고 유지하는 것이 정상을 지키는 길
입니다. 지금은 기존의 고객을 잘 관리하고 유지하는 노
력이 더 효율적인 시기입니다.

갈수록 우체국의 환경은 녹녹치 않아졌습니다.
변하는 환경이 나를 이기냐, 변하는 환경에 내가 이기
냐 두고 보자며 꿈보다 좋은 게 해몽이라고 평소는 물론

이고 직장생활을 하면서 말 한 마디라도 좋은 운을 부르
는 긍정의 말을 하려 합니다.

　그 어떤 변화에도 정상을 유지하기 위해 늘 이렇게 외
칩니다.

　"환경아, 너의 편이 될 테니 너도 나의 편이 되어 달라!"

　주말에는 비봉산 정상까지 등산을 자주 합니다.
　업무의 목표 달성을 위한 소망을 담아 정상에서 두 팔
벌려 하늘을 우러러보며 만세 삼세창을 합니다.

　"김금산, 내가 최고다!"
　"김금산, 내가 최고다!"
　"김금산, 내가 최고다!"

양구지역 농산물의 건재함으로 우리 우체국도 정상에서 오래도록 유지되기를 바라면서 금이 산같이 쌓이는 모습을 새기고 또 새겨 봅니다.

제게는 우리 우체국이 금이고 고객이 금입니다.

소포도 금융사업도 모두 다 소중한 금입니다.

우리 우체국의 건승을 위하여 언제나 금이 산처럼 쌓이라는 할아버지의 뜻을 담아 김금산이 김금산에게 안부를 묻습니다.

잘하고 있어!

잘 하고 있어!

김금산, 잘 하고 있단다!

안부가 궁금합니다 32
– 탈모에게

"아니, 큰일 났어! 왜 이렇게 된 거야? 국장님, 무슨 속 상한 일 있는 거야?"

염색을 하러 미용실에 들렀는데 원장님이 머리를 뒤적 이다 깜짝 놀랍니다.

"왜요?"

"머리가, 머리가….."

"왜요? 뭔데요?"

"탈모가 심하네. 스트레스가 많나 봐?"

마음이 힘드니 몸도 함께 아팠나 봅니다.

뱀처럼 길쭉한 탈모가 꽤 길고 흉측스럽게 펼쳐졌습니 다.

어느덧 우체국 생활이 스무 해가 되어갑니다. 직장생활 을 뒤돌아보며 경계란 말을 곰곰히 새겨봅니다.

일을 아무리 잘해도 사고가 발생하면 조직에서는 끝장
으로 가기 마련입니다.

조직에서는 각 과마다 협업이 요구되지만, 현실에서는
각 과마다 요구조건이 각각 다를 수밖에 없습니다.

우체국은 공무원이지만 특수하게도 지역상품이나 보험
상품 등을 취급 판매하는 기업성과의 혼재로 인해 적극적
인 마케팅이 요구될 때에는 수직적인 봉착과 융통성의 한
계로 딜레마에 빠지곤 합니다.

공무원의 무사고 범주 안에서 시키는 대로만 해서 목표
달성을 하면 좋고, 못하면 못하는 대로 부담은 있지만 대
책을 보고하면 일단은 해결이 됩니다.

하지만 지역도 챙기면서 기업마인드로 마케팅을 하려

면 일을 찾아나서야 하고, 그렇게 하다 보면 할수록 이것
저것 지적을 당할 확률도 높습니다. 지적을 받다 보면 괜
히 알아서 했다는 후회로 다음부터는 복지부동해야겠다
는 강한 유혹에 빠지기 십상입니다.

  오늘은 제16회 곰취축제 행사장에 나왔습니다.
  직원들은 의자에서 일어날 수 없을 정도로 바쁘게 손님
을 맞고 있습니다. 주말에도 불평 없이 당연하게 참여해
서 택배 접수 프로그램을 맡아 작년과는 다르게 효율적인
접수를 고안해서 현장 접수를 하고 있습니다.
  나는 꼰대가 되어 작년처럼 하는 게 더 낫지 않을까 했
다가 스마트 시대에 맞게 해야 한다는 직원의 주장에 듣
고 보니 그렇기도 해서 얼른 꼬리를 내렸습니다.

  선칭찬 후평가로 피드백을 하기로 하고 창의성에 일단

칭찬을 보탰습니다.

곰취농사는 다른 작물에 비해 평당 소득이 훨씬 좋았기에 처음에는 너도나도 곰취 농사를 지어서 150 농가에 달했습니다. 지금은 수박이나 오이 등 다른 작목이 자리잡으면서 50농가 정도 유지되고 있습니다.

다행인 것은 군청의 적극적이고 지속적인 관심속에 질 좋은 먹거리의 안전성과 안정적인 우체국 택배마케팅이 더욱 빛을 발하고 판매량이 꾸준히 증가하면서 남은 농가가 배 이상의 수확을 해내고 있다는 것입니다.

양구의 곰취축제장은 대부분 관광객이 차지합니다. 곰취가 양구의 효자이고 우체국의 효자임이 분명합니다.
산골 시골마을인 양구에 수많은 사람이 찾아와 사람과

사람 사이를 끼어 다닐 수 없을 정도로 북적거림을 보면
뿌듯합니다.

항상 지역을 우선에 두고 지역이 잘 돌아가면 우체국은
덩달아 발전할 수 있다고 지금까지 그래 왔고 앞으로도 쭉
그 믿음으로 일하고 있습니다.

양구우체국 오홍선 총괄국장님께서 직원들이 수고가 많
다며 한 보따리 먹을 걸 사들고 축제장에 격려차 들리셨습
니다.
우체국이 메인이 되어 축제를 즐기면서 택배접수에 올인
하는 모습이 대견하신지 한참을 앉아 덕담을 해주셨습니다.
그외 여러 직원들도 격려차 나왔습니다.
퇴직하신 정병삼 전 사무장님도 어김없이 방문해 주셨
습니다.

곰취농가에서도 지역분들도 연신 방문해주십니다.

임당우체국은 직원 복과 지역 복이 참 많습니다.

곰취축제로 몸은 힘들지만 지역의 많은 사랑과 뜨거운 조직애로 살아 있음을 느낍니다.

스트레스 받은 탈모도 1년을 두 달여 앞두고 조금씩 회복되고 있습니다. 뒷걸음치고 싶을 때마다 다시 긍정과 설렘으로 우체국을 생각합니다.

우리의 보금자리 소중한 양구 지역에서 오래오래 행복하게 살자며 매일매일 나를 토닥여주면서 조금씩 나를 떠나는 탈모에게 안부를 묻습니다.

내게서 영원히 안녕하라고,

스트레스에 쉽게 무너지지 말라고.

안부가 궁금합니다 33
- 자연인 람보 아저씨에게

남면 농협에 근무할 때의 일이니 꽤나 오래 전의 얘기
입니다.

눈이 부리부리하고 잘 생긴, 찢어진나팔 청바지에 빨간
머플러를 두르고 주머니에는 단도도 차고 동네 아주머니
들과 이 산 저 산 산나물도 뜯으러 다니며, 동에 번쩍 서
해 번쩍 하고 다니는 모습이 마치 영화 속 주인공인 람보
를 닮아 자칭타칭 람보로 통하던 아저씨가 있었습니다.

금융실명제법을 도입하면서 수표 뒷면에 실명으로 서
명을 받아야 했습니다.
창구에서 수표를 내밀었길래 뒷면에 본인의 실명을 부
탁했습니다.
람보!
이서한 수표를 집어든 순간 출납실 바닥에 머리를 숙이

고 얼마나 웃었던지….

"이서는 실명으로 하셔야 합니다."

"허허, 람보를 모르다니? 람보를 모르면 간첩 아닌가?"

박박 우기고 우기다 이러면 제가 곤란하다고 하소연 하니 어쩔 수 없이 실명제를 욕하며 이서를 해주셨던 람보 아저씨!

30년 정도가 흘렀습니다.

〈나는 자연인이다〉라는 TV 프로그램을 즐겨보던 남편이 갑자기 호들갑을 떱니다.

"여보, 람보 나온다. 빨리 좀 와 봐!"

하던 일을 멈추고 들여다보니 여전히 람보입니다.

그동안 소식이 끊겼길래, 어디에도 출몰하지 않았기에 너무 놀라고 반가운 마음에 죽었을 수도 있지 않았을까 생각했다며 우리 부부는 깔깔대고 웃었습니다.

세월이 흘러 어느 새 중장년의 모습으로 나타난 람보 아저씨, 성격이 좋아서 동네 아주머니들에게 "언니, 언니!" 하던 걸작으로 인기도 많았습니다.

　자연과 더불어 살더니 역시나 자신의 방식대로 잘 살고 있는 모습을 보니 좋았습니다.

　혹시라도 그때 남면 농협 창구에서 이러면 안 된다고 사정사정하던 젊은 여직원 앞에서 람보를 몰라보면 간첩이라며 박박 우기시던 그 시절이 생각은 나시는지 은근히 람보 아저씨의 안부가 궁금합니다.

　역시 괜한 걱정했나요?

　잘 살고 계시니 감사할 뿐입니다.

안부가 궁금합니다 34
– 나의 노래 '지금이 내 청춘'

지금이 내 청춘

좋아 좋아 좋아 좋아 지금이 내 청춘
세월을 먹고 살아도 왜 이리도 설레이는지
그 누구가 뭐라 해도 가슴 뛰네 사랑이 오네
이제는 늦었다고 후회마세요
돌이킬 수 없는 세월 그냥 그냥 두세요
청춘이 가기 전에 세월이 가기 전에
내 인생 다 가기 전에
좋아 좋아 좋아 좋아 지금 이 내 청춘

세월이 녹슨다 해도 왜 이리도 가슴 뛰는지
그 누구가 뭐라 해도 가슴 뛰네 사랑이 피네
이제는 늦었다고 후회마세요
돌이킬 수 없는 세월 그냥 그냥 두세요

청춘이 가기 전에 세월이 가기 전에
내 인생 다 가기 전에

좋아 좋아 좋아 좋아 지금 이 내 청춘
좋아 좋아 좋아 좋아 지금 이 내 청춘

어버이날을 즈음하여 노인대학 강의를 위해 반일 연가
를 내었습니다. 어르신 가슴마다 감사의 카네이션을 달아
드리는 심정으로 노래를 불러드렸습니다.

아직은 미완성인 나의 노래 지금이 내 청춘'란 가사의
진심 속엔 그 동안 어르신들을 만나고 다니며 배우고 느
끼고 경험한 것들을 모아 나의 마음이 오롯이 전달이 되
어서인지 어르신들의 박수가 오랫동안 이어졌습니다

강의가 끝나자 죽곡리에 사시는 멋쟁이 할머니가 제 손을 잡아줍니다. 가사가 너무 좋다며 친구들 모임에서 읽어줄 거라며 복사를 한 장 부탁합니다.

제게도 고정팬이 생긴 것 같아 은근히 기분이 좋아졌습니다.

양구에서 나의 노래는 제법 인기가 있나 봅니다.

공연하노라면 유난히 많은 양구 주민들이 모여듭니다.

그때마다 사람들은 내게 음반을 하나 내라고 부추기곤 합니다.

언감생심이었던 음반이지만 마음 한 켠 욕심마저 누르기란 쉽지 않습니다.

음반 내는 것에 대해 알아보려고 지인의 소개로 명가수들을 탄생시킨 작사 작곡가로 유명세가 있는 분을 만나

보았습니다. 음반 한 곡에 적지 않은 돈이 든다는 것을 알았습니다.

"똥바람 들지 말자. 똥바람 들지 말자."
기부 강의와 노래를 하면서 내가 수시로 다짐하는 말입니다.

비싼 음반 제작의 욕심을 누르고자 수없이 읊조려 보지만 쉽지가 않습니다.

활기와 공감을 드리고 고령의 연세를 감안하여 따라 부르기도, 외우기도 쉽게 가사내용을 지어보았습니다.

젊은 기타 선생님과 소박하게 공동작업을 하는 중인데 기타 선생님이 아프셔서 지금은 뒤로 밀려 있습니다.

말 그대로 미완성곡입니다.

언젠가 곡이 완성되어 어르신들과 함께 할 수 있는 시간이 오게 되면, 이 노래가 어떤 모습으로 어르신들의 사랑을 받을 수 있을는지 궁금합니다.

'지금이 내 청춘!'

설레는 마음은 언젠가 세상에 멋지게 태어날 내 노래에 기대와 안부를 묻습니다.

안부가 궁금합니다 35
- 정섭 교장 친구에게

어떻게 잊겠니?

아이들이 행복하게 즐거운 모습으로 뛰노는 모습이 생생히 그려지는구나.

이곳 개구리도 질세라 개굴개굴 방안까지 요란하게 들려오는데, 지척인 그곳에 나의 고마운 맘 실은 개굴개굴 노랫소리 잘 들리시는가?

어머님만 건강하시면 된다던 친구의 마음에 진심으로 고마움을 전하네.

기억나니?

초등학교를 지나 늘 가시던 길, 남들은 천천히 걸어도 10분이면 걸어 다니는 그 길을 어머니는 허리복대를 차고 서너 번은 쉬어 가시곤 하셨지.

그날도 아버지께서 논에 가시면서 어머니에게 무더운 날씨니 밖에 나가지 말라고 하셨다는데, 오직 가족을 위하는 마음에 발길을 두셨고 중간쯤 다다르셨을 때 교장 친구의 교육밭인 양구초등학교 부근에서 실신해서 쓰러지셨지.

그때 친구가 어머니를 빨리 발견해서 응급처치를 신속히 해준 덕분에 불행 중 다행으로 이만큼 사시다 가셨네.

요즘은 교장 친구의 형제이면서 우리의 동창인 경숙이가 우체국 앞을 지나 해안 너머로 어머니를 가끔 뵈러 지나다 불쑥 우체국에 들리곤 해주니 참으로 반갑단다.

경숙인 그 복잡한 서울에서 시내버스를 운전한다는데 여장부가 따로 없는 것 같아. 이곳까지 오르내리는 게 여간 피곤한 일이 아닐 텐데 자주 어머니를 찾는 걸 보면 경숙이는 효녀야, 효녀!

오늘 아파트 창밖으로 내려다보니 저 아래 모를 심어 놓은 논이 보이네.

논둑에서 올챙이를 잡고 개구리와 함께 뛰어놀던 우리들 초등학교 때의 풍경 그대로일세.

농촌의 전형적인 풍경이 그림 같고 참 정겹구나.

논을 뒤로 저 멀리 코너 바로 돌면 죽리초등학교의 모습이 희미하게 보일 듯하네.

그곳에서 훌륭한 교장 선생님으로 근무하고 있을 정섭 친구의 학생들도 행복하게 뛰노는 모습이 선하네.

세월이 참 빠르지?

우리도 벌써 육순을 바라보고 있으니 말일세. 흰머리는 기본이고 몸도 여기저기 삐거덕거리는 나이가 되었네.

경숙 친구가 오면 교장 친구와 셋이서 우리 함 보세!

만남을 기약하면서 안부를 전하네.

그동안 다시 볼 때까지 꼭 건강 잘 챙기길 바라며….

어린이가 된 노인들

5부

노인에게도 어머니가 계셨습니다

노인에게도 어머니가 계셨습니다
가슴 깊이 간직했던 그리운 어머니
거룩한 세 글자 고이 꺼내어
목 놓아 불러봅니다

외롭고 힘들 때 기쁘고 슬플 때
오롯이 내 편이 되어준
노인에게도 어머니가 계셨습니다

주름진 입술로 나팔 꽃 만들어
어머니께 전하려던 그리움이런가
어린 아이가 되어 터져버린 울음
그리움조차도 말라버려
꺼억 꺽 마른 울음 토해내는
노인에게도 어머니기가 계셨습니다

들리시나요 어느 새
노인이 된 이 어린 아이의
어머니를 향한 그리움이

얼마 남지 않은 이승에서
사무치도록 보고 싶어
꺼억 꺽 마른 울음 토해내는
노인에게도 어머니가 계셨습니다

안부가 궁금합니다 36
- 골수 단골 어르신들

팔랑리 홍씨 어르신은 구십이 넘으신 우체국의 골수 단골 우수고객으로서 언제나 인자해 보이시고 인상도 좋으신 분이십니다.

우체국에서나 마을회관에서, 또는 거리에서 마주치면 먼저 인사도 해주시고 항상 존댓말로 대해주십니다.

그런데 요즘 들어 돈을 찾아 집에 가셨다가는 어김없이 우체국으로 다시 오십니다.

"가만 있어 보자. 내가 돈을 어디다 놨지?"

집에 갔는데 돈이 없어서 다시 오셨답니다.

"아, 도대체 어따 놨놔? 희한하네. 뭔 조화지? 참나!"

차근차근 설명을 해 드리면 알았다고 해놓고서 돌아가시면 그때뿐입니다.

어제는 재발행하기 전 통장을 들고 와서 돈을 찾겠다고 하십니다.

"다 찾아 가셨잖아요."

"돈을 언제 찾았다고? 그런 일 없어!"

갑자기 노발대발하셔서 사위와 함께 오셨던 상황을 하나하나 천천히 설명을 해 드리니 그때서야 기억이 나셨는지 수긍하고 돌아가셨습니다.

얼마 전에는 홍씨 어르신 돌보미께서 우체국에 찾아와 한탄을 했습니다. 홍씨 어르신이 돈을 찾아다 농에다 잘 넣어 두고선 자신이 훔쳐갔다고 의심을 하셨을 땐 너무 속상했다며, 결국 찾아 다행히 오해는 풀었지만 이런 소리까지 들으며 이 일을 해야 하나 싶다며 하소연입니다.

홍씨 어르신은 우체국에 오시고 가시고에 지금도 변함이 없습니다. 특별한 일이 없으면 내일도 같은 일을 반복하실 겁니다. 어르신은 지금 치매초기 증상을 보이고 있으십니다.

문제는 이런 어르신이 한두 분이 아니라는데 있습니다.
통장을 자주 잃어 버리시는 어르신

도장을 자주 잃어버리시는 어르신

신분증을 자주 잃어버리시는 어르신

그래도 우체국 마크인 제비를 알아보시고 용케 우체국을 찾아 주시는 분들입니다.

양구는 이미 초고령 농촌지역입니다. 지금 농사를 지으시는 분들은 대부분 노인들입니다.

앞으로 얼마나 더 많은 분들이 이렇게 우체국을 찾으실지 모릅니다.

어르신들이 우체국문을 열고 들어오실 때면 절로 긴장이 됩니다. 바쁠 때는 일일이 답변해드리기가 버겁기도 합니다. 그럴 때는 그저 안타까움과 걱정이 밀려옵니다.

다행히 우리 직원들이 어르신들을 부모 대하듯 농담도 건네며 능수능란하게 처리하는 모습에 위안을 삼습니다.

우체국에 오시는 어르신 한 분 한 분 모두의 안부가 궁금합니다. 더 이상 지역 어르신들의 슬픈 뒷모습을 보지 않았으면 하는 바람을 담아 어르신들의 안부를 묻습니다.

안부가 궁금합니다 37
– 대추나무 OO상회 어르신

우체국의 산증인으로 제집처럼 매일 찾아주셨던 대추나무 OO상회 어르신이 어느 날 까만 봉지를 창구에 획 던지시며 말씀하십니다.

"이게 우리 집 마당 마지막 대추 딴 걸세. 대추 먹으면 건강들 할 거야. 먹고, 오래들 잘 있어."

그리고는 잠시 뜸을 들이더니 뒷말을 이으십니다.

"내가 살아 보니 세월이 참 빠르네, 빨라. 내가 후회하는 건, 좀 여유 있게 살 걸 그랬어. 만나고 싶은 사람들 자주 찾지 못해서, 그게 아쉬워…."

돈 많으셔서 장가도 두세 번 가시고 자식도 잘 살고 부러울 게 없어 보였는데 가슴이 짠합니다.

"왜요? 어르신. 어디 멀리 가실 것처럼 그러세요?"

한참 후 눈시울을 붉히며 겨우 말을 이으셨습니다.

"자식들이 원해서 나 요양원으로 가게 되었네."

그 날이 마지막이었습니다.

그렇게 떠나시고는 한동안 소식이 없으신 어르신의 안

부가 궁금합니다.

안부가 궁금합니다 38
- 사진작가 어르신

성균관대 나와 학벌도 좋으신 83세 어르신은 우체국에
오면 유독 재미있고 대화가 잘 된다며 이야기 보따리를
풀어놓곤 하셨습니다.

어르신은 늦게 배우신 사진 활동으로 왕성한 실력을 뽐
내며 봄에는 예쁜 철쭉사진을, 여름엔 월운저수지, 가을
엔 덕곡마을 가을 풍경이 담긴 사진 작품들을 우체국 벽
에 선물해 주셨습니다.

어느 날 통장을 잃었다며 재발급해 달라더니 도장도 찾
아간 돈도 어디다 놓았는지 기억이 없다고 하십니다.
당신도 인지기능에 이상이 있다는 걸 스스로 눈치 채신
듯합니다.

"내가 이제 정신이 없어서 조카 따라 서울로 치료 받으

러 갈 거야. 그동안 정말 고마웠어."

"이렇게 가시면 언제 오실 수 있을까요?"

"이제 가면 영영 올 수 있을지 모르겠어. 아마 다시 만나기 힘들 거 같아. 그래서 말인데 눈꽃 담은 겨울 사진 걸어 놓고 갈 테니 그래도 이 노인 어쩌다 생각날 때 한 번쯤 기억해줘. 아마 이 사진이 마지막 작품이 될 것 같아."

우리는 다른 손님들에게 들킬까 봐서 몰래 훌쩍거렸습니다.

그동안 정이 많이 들었나 봅니다.

"어르신 큰 병원으로 가시니까 치료받으시면 금방 괜찮아지실 거예요."

"그래, 알았어. 고마워. 치료 잘 받고 또 올게. 그동안 잘들 지내요."

그렇게 훌쩍 떠나셨던 어르신의 안부가 궁금합니다.

우체국에 걸려있는 사계절의 사진들도 어르신의 안부를 묻고 있습니다.

안부가 궁금합니다 39
- 덕곡리 김씨 어르신

김씨 어르신은 겉으로는 강한 척 억센 척하지만 마음은 무척 외로우신 분입니다. 어르신이 오시면 우리 직원들은 언제나 따뜻한 차 한 잔을 드리며 말동무를 해드립니다.

작년 늦가을 치매로 서울 요양원에 가신 우체국 고객이셨던 사진작가 어르신과 동갑입니다. 어느 날 사진작가 어르신이 서울로 가기 전에 우연히 나누었던 두 분의 대화가 생각이 납니다.

사진작가 어르신 왈,

"죽을 때까지 건강하게 살다 가야 하는데 참!"

덕곡리 어르신 왈,

"치매라면 내 손주도 못 알아본다는데요. 에휴, 나도 정신없어서 내 손주도 못 알아보면 저것들 불쌍해서 어떡하나?"

건강해야 된다고 서로를 격려를 해주었던 덕곡리 어르신이 얼마 전부터 통장을 잃으셨다, 도장도 잃으셨다, 찾아간 돈도 어디다 놔뒀는지 모르겠다며 하루가 멀게 우체국을 찾습니다.

이런 일을 자꾸만 반복하십니다.

어느 날에는 우체국에 수도요금을 내러 오셨는데 5십만 원이 넘게 나왔습니다.

담당 여직원이 너무 놀라서 면사무소를 직접 방문하여 자초지종을 설명하고는 다행히 수도요금을 감면해드렸습니다.

어느덧 우리 직원들은 지역의 상담사이자 보호자가 다 되었습니다. 면사무소 복지계 직원도 우리 우체국에 나와 이것저것 도움이 될 만한 것들을 물어봅니다.

멀리 있는 자식들에게는 최고의 알리미입니다. 무슨 일

이 생길 때마다 제일 먼저 알려드리는 일이 많아지고 있습니다.

초고령 사회에서 우리 우체국은 소외 이웃에 대한 정보 서비스를 톡톡히 하고 있습니다.

김씨 어르신도 걱정이 돼서 연락을 취하니 자녀들이 달려왔습니다. 이제 잘 자란 4남매의 행복을 지켜보며 어르신의 남은 인생을 행복하게 사셨으면 하는 바람입니다

근래 들어 어르신은 날마다 농협, 면사무소를 한 바퀴 돌고 우체국 소파에 쭈그리고 앉아계십니다.

집이 같은 방향인 여직원 차를 타고 가시겠다고 벌써 몇 번째 기다리시는 것입니다.

착한 여직원은 싫은 내색 없이 언제나 웃으면서 댁까지 모셔다 드리고 있습니다.

홀로 남으신 어르신들이 하루가 모르게 변해가고 있습니다. 하루라도 뵙지 못하면 걱정을 앞세우는 우리 우체국 단골이신 김씨 어르신의 안부가 궁금합니다.

안부가 궁금합니다 40
- 중앙교회 목사님 신도님

"나는 살아 생전 절대 요양원에 가고 싶지 않아요."

"그래, 절대 그런 일 없을 거요, 여보."

"그럼요, 그런 일 절대 없을 거예요. 어머니."

뇌졸중으로 쓰러지신 어머님을 위해 수발하시는 아버지의 수고를 조금이라도 덜어드리고자 주간보호만이라도 이용하기를 바랐지만, 아버지는 약속을 지키겠다며 집에서 어머니를 돌보셨습니다.

어머니에 대해 사사로운 것 하나라도 놓치지 않고 챙기시는 아버지의 참사랑이 가슴 아렸습니다.

뇌졸중인 어머니를 위해 진달래, 버들강아지, 개나리 등 화초를 꽃병에 꽂아주셨던 아버지의 소박한 사랑의 봄날이 아른합니다.

어쩌면 저렇게 지극정성이실까?

우리 부부는 닭살부부라고 자주 놀렸습니다. 남편이 보고 배울 것 같아 은근히 기대도 되어 좋았습니다.

뇌졸중 치매 환자를 수발들기는 쉽지 않습니다. 일주일에 서너 번은 요양보호사님이 돌봐주시긴 하시지만 그 외에도 많은 손길이 필요한 어머니에 대한 아버지의 지극한 사랑의 헌신과 수고에 자식된 입장에서는 늘 죄송하고 부족할 따름입니다.

알면서도 챙기지 못할 때는 자책만 하게 됩니다.

아버지가 사시는 집 옆에는 중앙교회가 있었습니다.

퇴근 후에 집에 가보면 아버지가 안 계신 사이에 떡이나 요구르트, 두유 등을 놓고 가시는 분들이 있었습니다. 교회 사람들이 그런다며 아버지는 교회를 안 나가는 것을 미안해 하셨습니다.

어머니가 돌아가셨을 때는 적지 않은 금일봉도 보내주셨습니다. 아버지는 참 고마운 사람들이라고 하셨습니다.

그 후 교회가 좀 떨어진 곳으로 이사를 갔습니다. 집 옆에 있을 때는 몇 번 다녀오시기도 했었던 아버지는 다리에 힘이 없어 자전거도 세워놓다시피 하셨으니 그저 마음만 감사할 뿐이랍니다. 제 차로 모시고 가면 쉽겠지만 바쁘다는 핑계로 감사할 시간을 놓쳐버렸으니 마음처럼 쉽지가 않았습니다.

5월은 감사의 달입니다. 곰취 우체국의 곰취 찐빵 몇 박스를 준비해서 아버지의 무거운 마음도 벗어드리고 목사님께 감사함도 전하고자 아버지를 모시고 다녀오려 합니다.

소중한 이웃 사랑을 실천해 주신 목사님과 중앙교회 신도님들의 안부가 궁금합니다.

안부가 궁금합니다 41
- 안 속는다 전하라

노인대학에서 펀 라이프 시간에 노래 몇 곡을 하게 되었습니다. 오늘은 보이스피싱 예방을 노래로 풀어가며 즐기는 시간입니다.

보이스피싱 전화를 받아보신 분들 손을 들어보라고 하니 생각보다 꽤 손을 드시네요.

한 분은 전화를 받고 계좌번호와 주민번호를 불러달라고 했는데 평소에 잘 외우던 주민번호를 갑자기 대라니 생각이 안 나서 우물쭈물하다가 걸려들지 않았다고 하네요. 한 분은 365코너 앞으로 가라고 했는데 보이스피싱인 것 같아서 그냥 전화를 끊어 버려서 걸려들지 않았다고 합니다.

"우리 양구 어르신들은 정말 현명하시고 수준이 높으십니다."

어르신들에게 아부성 발언을 하면서 보이스피싱에 당한 판사님도 있다고 하니 어떻게 그럴 수가 있냐며 눈들을 반짝입니다.

"보이스피싱은 아무리 머리 좋은 스카이대를 나온 사람도 피할 수 없습니다. 오직 명품대학인 양구노인대학을 나오셔야 피할 수 있지요."

"우헤헤헤헤!"

박장대소 난리가 났습니다.

"양구 노인대학을 나오시는 어르신들은 절대 보이스피싱에 걸릴 수가 없습니다. 안 그러신가요?"

"그렇습니다!"

"제 말이 틀렸나요?"

"아니요, 맞습니다!"

척하면 척하고 박장대소 강단을 흔들었습니다.

보이스피싱 안 속는다 전해라
전화해서 대출해 줄게 돈 보내라 하거든
뻔하다 보이스피싱 안 속는다 전해라

작업대출해 준다며 돈 보내라 하거든
사기 쳐서 돈 벌다 쇠고랑 찬다 전해라

당신 자식 납치했으니 돈 보내라 하거든
무자식 상팔자라 안 속는다 전해라

보이스피싱 전화 받으면 바로 신고하고요
행복한 전화만 받는다고 전해라

유튜브에 가수 이애란의 '백세인생'을 개사한 '보이스피싱 예방' 노래가 있기에 신나게 불러드렸습니다.

"안 속아 안 속아 안 속는다고 전해라."

후렴은 모두가 일어나서 어찌나 큰소리로 외치는지, 어디서 그런 기운이 나오는지, 절대 속으실 어르신들이 아닐 거라는 믿음을 주시니 정말 속이 후련했습니다.

즐거운 보이스피싱 교육을 마무리하면서 평생을 금융기관에 몸담아 온 사람으로서 큰 책임감을 느낍니다. 지금 이 순간에도 기상천외한 방법으로 순진한 어르신들을 속이기 위해 전화번호를 뒤적이는 보이스피싱이 온갖 방법으로 설치고 있기 때문입니다.

오늘도 어르신들과 함께 신나게 보이스피싱에 속지 않는다고 외치면서도 내심으로는 걱정이 붙는 것은 어쩔 수 없습니다.

"안 속는다 전해라!"

오늘 함께 즐기며 저절로 뇌리에 새기도록 보이스피싱 교육을 받으신 어르신들이 댁에 돌아가서 얼마나 잘 하고 계실지, 보이스피싱을 대하는 어르신들의 안부가 궁금합니다.

노래 가사대로 척척 잘 이행하고 계신 거죠?

안부가 궁금합니다 42
- 노치원 어르신

아침에 우체국 문을 열자마자 어르신이 허겁지겁 뛰어 들어오십니다. 자신을 강제로 태워 입원시키려고 하는 차가 집 쪽으로 오는 것을 보고는 우체국으로 냅다 뛰어 달렸다고 합니다.

"괜찮아요, 이제 괜찮아요."
등을 토닥여 겨우 진정을 시키고 차를 한 잔 타드렸습니다.
그제야 안도의 한숨을 내쉽니다.

어르신의 상황을 다 아는 따님이 혼자 집에만 계시면 더 우울하고 병이 악화될까 봐 주간보호 신청을 해서 몇 번 다녀오셨는데 그게 그렇게 싫으셨나 봅니다.

"이래서 우체국이 지역에 꼭 필요하다니까요. 우리가

없으면 이 어르신들이 어디로 가시겠어요?"

사무장이 한마디 합니다.

그렇습니다. 우체국은 지역에서 어르신들의 파수꾼으로 자리잡고 있습니다.

하지만 세월을 이기지 못해 아침마다 요양원 차를 피해 우체국으로 오셨던 노치원 어르신은 더 이상 어쩌지 못하고 아름다운 동행차에 올라 요양원 주간보호 센터로 가셨습니다.

아침에 우체국 문을 열 때마다 문득문득 김씨 어르신의 안부가 궁금합니다.

요양원에서 잘 적응하고 계시겠지요?

날마다 안녕하시길 빌며 안부를 묻습니다.

안부가 궁금합니다 43
- 아버지는 치매검사 예약 중

"국장님, 혈압 재보시고 들어가세요."

치매안심센터 여직원이 나를 알아보고는 인사를 합니다. 마침 두통이 좀 있기에 무심코 응했습니다.

"국장님 아버님이 김영오 씨지요?"

"네, 그런데요. 저의 아버님을 아세요?"

"네, 실은 며칠 전에 치매검사를 했는데 초기 증상이 보여서요."

청천날벼락입니다. 가슴이 철렁 내려앉아 울음도 나오지 않았습니다. 어머니가 치매로 8년을 고생하시다 가셨는데 아버지마저도….

어제는 그리 바람이 불더니 오늘은 너무 화창해서 방에만 계시다 돌아가신 어머니 생각이 나서 사무실 뒤편에서 한없이 눈물을 훔쳤는데 이제 아버지마저….

치매센터 여직원은 놀란 내 표정을 보고 아직 검사만 했으니 너무 걱정 말라며 다행히 초기에 발견한다면 약만 잘 드셔도 된다며 안심을 시키려고 애를 씁니다. 그리고 아버지댁을 방문했을 때 초기치매 증세를 발견하고 일주일 후에 센터로 방문해 달라고 말씀을 드렸는데 아버지께서 오시질 않으셨다는 이야기를 들려줍니다.

안 봐도 비디오입니다. 아버지께서 혼자 치매검사를 받으러 가실 일은 절대 없으셨을 겁니다.

작년에 혹시나 해서 치매 검사지를 얻어다 직접 체크해 드렸었는데 그때도 아버지께서는 쓸데없는 걸 한다고 한사코 거부하셨습니다.

예방차원이라며 겨우 겨우 검사를 했던 기억이 아련합니다.

치매안심센터에서 각 가정을 방문해서 초기 검사를 해

주서서 감사할 따름입니다.

　겨우 눈물을 참고 여직원의 손을 덥석 잡으며 감사를
표했습니다.

　"감사합니다. 아버지 치매에 관심을 갖고 알려줘서 정
말 감사합니다."

　다음 날 센터에서 친절하게 전화도 해주고 대학병원에
예약도 해주셨습니다. 다행히 모든 것이 친절하고 신속하
게 이루어졌습니다.

　"있을 때 잘 해, 후회하지 말고! 있을 때 잘 해, 후회하
지 말고!"

　아버지께서 기분이 좋으실 때면 가수 오승근의 노래 중

이 가사 소절만을 짓궂게 웃으시면서 읊조리셨습니다.

  오래오래 많이많이 웃으시면서 온전한 정신으로 손주 장가가는 것도 보실 수 있기를 간절히 바랍니다.
  언제나 간절히 기도를 드립니다.
  제발 제발 치매만은 아니시기를!
  매일매일….

안부가 궁금합니다 44
– 동동주 어르신

나이를 먹어서 그런가?

평소 밝은 성격으로 갱년기도 모르고 살아온 것 같았는데, 요즘은 무척 피곤하고 꿈도 자주 꾸고 자다 깨어 화장실도 가게 됩니다.

이러면 안 되겠다 싶어 연가를 내어 한림대학교성심병원을 들렀습니다.

"요즘도 많이 바쁘시지? 노래를 어쩜 그리도 잘하시는지, 우리 선생님, 우리 선생님!"

강의를 할 때마다 깍듯이 선생님이라고 반겨주시는 동동주 어르신을 병원에서 만났습니다. 대뜸 반갑게 다가오시더니 두 손을 꼭 잡습니다.

"어르신, 어떻게 오셨어요?"

"나 치매야!"

가슴이 철렁입니다. 다행인 건 누구나 자신의 치매를 부정하지만 동동주 어르신은 얼른 인정하시고 약만 먹으면 된다고 했다며, 앞으로 꼭 챙겨드시겠다고 하십니다.

"요즈음 가스불에 냄비를 올려놓고 몇 번을 홀랑 태웠다오. 그러시더니 친구가 치매인데 자식을 몰라보고 선생님이라고 하고 있으니, 나도 나중에 자식을 몰라볼까 봐 그게 제일 걱정이 되지 뭐(한숨)."

83세 어르신의 눈망울이 촉촉해집니다. 어르신이 진료를 받으러 진료실로 들어가시고 같이 온 고등학생 손주가 두 손을 모은 채 소파에 쭈그리고 앉아있습니다.

"할머니. 어서 나으세요. 절대 저를 기억 못 하는 일 없게 해 주세요."

간절한 손주의 마음이 느껴집니다.

요즈음 부쩍 치매에 노출되신 어르신들을 많이 봅니다. 멀쩡했던 어르신들이 벌써 몇 명째 기억을 잃어가고 있습니다.

나도 늙으면 걸어야 할 길이 아닐까 싶어 두려운 생각이 스칩니다. 건강할 때 더 열심히 운동해서 치매를 이겨내자며 마음을 다 잡아 봅니다. 손주의 간절한 마음을 담아 더 이상 아프지 마시고 건강을 잘 유지하실 수 있기를 기도드립니다.

동동주 어르신, 잘 치료받으시고 약을 챙겨드시는 건 필수인 거 아시죠? 이제는 동동주 만드는 건 그만 두시더라도 노인 행사장에서 건강한 모습으로 자주 뵐 수 있기를 바라는 마음으로 어르신의 안부를 묻습니다.

아직 한창이시잖아요. 건강하셔야죠.

안부가 궁금합니다 45
- 노인의 행복한 로망

남들은 주책이라며 노망이라 하지만 이 노인에게도 하
고 싶은 사랑이 있다우.

비싼 물건은 못 되지만 바리바리 싸고 또 싸서 옥수수
감자 콩 곰취 박스 속엔 남 몰래 외로움 고독 사랑도 챙
겼다우.

이제는 노화로 인해 젊은이들처럼 사랑표현도 못하고
자주 만나기도 어렵기에 사랑하는 사람을 위한 무농약 농
산물과 그저 건강하기만을 마음속으로 바라는 게 내 전부
라우. 가진 건 별로 없지만 뭐라도 한 없이 주고 싶기에
이것저것 털어 주는 기쁨만이 얼마 남지 않은 이 노인의
작은 로망이올시다.

우체국 직원들에게 들킬까 봐 몰래 끙끙거리며 혼자 하
는 노인의 사랑, 꾹꾹 눌러쓴 편지를 보았습니다. 편지
만 보내기에는 부끄러워 농산물 택배박스 안에 넣어 보내

211

시는 어르신, 그 사랑 찾아 발송되는 택배 안에 우체국의 따뜻한 정도 함께 듬뿍듬뿍 넣어 보내 드렸습니다.

만나지는 못하고 그냥 가끔씩 좋은 농산물 있으면 보내주시는 걸로 대신 한다던 어르신, "보내시면 답은 오시나요?" 은근히 옆에서 물었더니, "그럼 오지. 그러니까 이것저것 보내지." 하시면서 얼굴이 빨개지셨던 어르신, 오늘도 주섬주섬 바리바리 또 쌓아서 우체국을 들어오시는 모습이 싱글벙글이십니다.

행복한 로망이 여전히 안녕한 것 같습니다.
노인의 외로움을 서로 위로할 소중한 사랑 나누시기를 간절히 기원하며 저희도 지역의 자식이 되어 어르신의 행복한 로망을 응원하겠습니다. 오래도록 행복하시길 기원하며, 두 분의 안부를 묻습니다.

부부의 날

미움 반 사랑 반
덜 익었던 사랑에
놓칠새라 쥐고 있던 인연의 끈

꽃바구니 축하 카드 하얀 속지에
빨간 입술 물든 영원한 서약서
종이비행기 나는 곳
양떼구름 춤춘다

안부가 궁금합니다 46
– 아버지 같은 어르신들

당시 도시를 찾아 젊은이들이 하나둘 떠난 시골은 고령화가 더 일찍 찾아왔습니다.

우리 우체국 고객들만 보아도 확연히 드러납니다.

언제부턴가 주위에는 아이들 울음소리가 그치고, 젊다면 젊은 나는 어떻게 살아야 농촌지역에서 좀 더 의미 있고 가치 있게 살아갈 수 있을까?

고민 끝에 노인 관련 일을 하자고 대학원에서 노인복지를 공부했습니다.

틈틈이 노인복지 공부한 것을 노래와 접목해서 재능기부 강의를 하고 있는데 특기인 노래를 섞어 신나고 즐겁게 하다 보니 어르신들에게 인기가 많습니다.

지지자 불여호지자(知之者不如好之者)

호지자 불여락지자(好之者不如樂之者)

아는 사람은 그것을 좋아하는 사람만 못하고

좋아하는 사람은 그것을 즐기는 사람만 못하다

어렸을 때 가수가 되고 싶은 꿈이 있었기에 이렇게라도 어르신 봉사에서 노래를 즐기며 부를 수 있는 기회를 즐기고 있습니다. 아울러 좋은 이미지로 우체국 홍보도 할 수 있으니 금상첨화입니다.

누군가는 대상이 어르신들이라서 많은 에너지를 요하기에 기를 많이 뺏기지 않냐고도 합니다. 물론 음악을 접목한 강의는 여러 도구를 활용해야 하는데 운반하기가 쉽지 않아 편하지만은 않습니다.

하지만 내게는 신념이 있습니다.

어느 한 순간 논밭떼기며 대궐 같은 집을 경매로 날려버리게 되면서 온 정신이 아니었을 아버지의 삶을 지켜보면서 어떻게든 아버지의 재기를 도우며 자존심을 찾아드려야겠다는 결심을 했습니다.

 무대에서 노래를 부르기 시작하자 그 소문이 칭찬으로
아버지께 들어갔습니다.
 아버지는 그때마다 은근히 자부심을 챙기며 기뻐하셨
습니다. 농사 중에 최고 농사가 자식 농사라는데 그것만
큼은 풍년이라는 기쁨인 것 같았습니다.

 88세인 아버지는 아파트 동료들과 어르신 건강체조 대
회에 3년째 경로당 대표로 참여하고 있습니다. 간혹 아파
트 경로당에 들리면 동료 어르신들이 들려주는 딸 칭찬을
은근히 즐기시는 눈치입니다.
 나는 지금 한 평생 산전수전 다 겪으며 살아오신 어르
신들의 희로애락을 아버지께 효도하는 마음으로 풀어 드
리며 말벗도 해드리는 지금의 삶을 즐기고 있습니다.

강의를 마무리할 때면 언제나 모두 일어나시도록 하여
두 팔 벌려 큰소리로 소리치게 합니다.

나는 행복하다
나는 행복하다
나는 행복하다

9988234 백세인생을 꾸리시는 어르신 분들 모두모두
지금처럼 건강하시고 행복한 삶을 누렸으면 합니다.
지금처럼 건강하시고 앞으로 남은 인생도 행복한 삶을
누리셨으면 합니다.

오늘도 행복하신지요?
안부를 묻습니다.

세월에 물든 사랑

6부

내 편을 위한 노래

소담소담 거리며

토닥토닥 거리다

어느 새 머리는 희끗희끗

푹 파인 주름도

세월에 물들은 사랑

쓰담쓰담 마음 담아

이제라도 작성해보는

남편을 위한 버킷리스트

하나 둘 셋 넷

적어보니 부족한 게

왜 이리 많은지

세월이 야속도 하여라

안부가 궁금합니다 47
– 장만호 집배원님

항상 밝고 코믹하셔서 직원회식은 물론 어떤 모임이라
도 빠지면 심심하리만큼 배꼽이 아플 정도로 한바탕 웃음
을 주셨던 우리 장만호 집배원님은 언제나 제 가슴에 살
아 계십니다.

지금은 아련한 향수로 사라진 옛 우체국 추억의 이야기
입니다. 전보 우편물을 취급하던 시절 자신의 사랑타령 비
밀 연애편지를 당직실에 몰래 들어가 전보용지에 쓴다는
것이 너무 꾹꾹 눌러써서 바닥에 글씨 자국이 선명하게 드
러나 직원들이 번갈아가며 읽고 웃음바다가 된 이야기는
회식 때마다 어김없이 등장하여 최고조의 분위기를 만들었
었고, 늘 배달이 끝나고 사무실에 들어올 때면 이상하리만
치 재미있었던 지역얘기를 선물로 가지고 나타나서 시도
때도 없이 분위기 메이커를 자처하며 직원들에게 웃음을
선사했었는데, 이제는 주인없는 추억이 되어버렸습니다.

"나는 아직 초기라서 참 다행이야. 빨리 털고 일어나서 우편물을 돌려야 하는데…."

어느 날 갑자기 찾아온 암 진단에도 의연히 우편물 돌릴 일을 걱정하시던 얼굴이 또렷합니다.

우체국 일이 힘들다 싶을 때는 사소한 것 하나에도 배꼽을 잡게 해주시던 그 환환 웃음은 우리들 곁에 오래도록 머물러 있을 것입니다.

오늘은 전직원 단합대회로 회식이 있습니다.

웃음을 남겨주신 덕분에 회식자리에서 오늘도 잊을 수가 없겠지요?

장만호 집배원님의 안부가 궁금합니다.

하늘나라에서도 주위 사람들에게 많은 웃음을 선사하고 계시겠지요?

안부가 궁금합니다 48
- 리틀 장만호 집배원님

 늘 웃음을 주셨던 장만호 집배원님의 아들이 아버지의 뒤를 이어 임당우체국에 입사했습니다.

 어렸을 때 아빠 따라 우체국에 와서는 복사기에서 똑같이 복사돼 나오는 게 신기했던지 자기 얼굴을 복사기에 디밀어 직원들을 한바탕 배꼽 잡게 했지요. 정말 부전자전입니다.

 어느덧 잘 생기고 늠름한 멋진 청년으로 성장해서 아빠가 근무했던 임당우체국으로 왔으니 지난 추억에 눈시울이 붉어집니다.

 붕어빵인 아들은 아빠가 일생을 바친 우체국에 대하여 하나하나 참 많이도 기억하고 있습니다.
 집배원은 오토바이 안전운전이 기본인데 어머니께서

아빠에게 늘 조심하라고 걱정해주셨던 것들이 왜 그랬는지 알 것 같다며 우체국 소포가 어떤 건지, 편지가 뭔지, 역사 속으로 사라진 전보라는 것도 들은 풍월로 잘 알고 있기에 업무에 많은 도움이 될 거라 합니다.

우체국 업무단어조차 생판 모르는 직원보다 서당개 삼년이면 풍월을 읽는다고 아빠로부터 일상으로 듣고 배워왔으니 더욱 듬직합니다.

아빠의 뒤를 이어 우리 우체국 직원들과 지역 주민들에게 어떤 웃음을 선사하고 다닐지 생각하니 벌써부터 입가에는 미소가 떠날 줄 모릅니다.

아빠와 선배님들의 발자국을 따라 우편물을 가득 싣고 행복한 들판을 가로지르며 농촌 구석구석 가가호호 방문을 위해 힘차게 내딛는 모습을 그리며….

오토바이 안전운전 확실한 거죠?

리틀 장만호 자랑스러운 훈장인 거 아시는 거죠?

오 마이 갓!

때마침 신입 집배원을 축하하며 오토바이 안전운전이 기본이라는 것을 일깨워주듯이 하늘에서 흰 눈을 뿌리며 산과 들에 하얀 도화지를 펼쳐줍니다.

아빠의 말로만 들었던 힘든 집배원의 길, 눈길만큼 힘든 길도 없을 겁니다. 이 눈길을 이겨내면 무엇인들 이겨내지 못할까요?

부릉부릉, 조심조심!

하얀 도화지에 어떤 그림을 그려나갈지 리틀 장만호, 장휘은 신입집배원님의 안부가 궁금합니다.

집배원 모두에게 눈길 안전의 안부를 묻습니다.

안부가 궁금합니다 49
- 신계전 선생님께

김—김이 무럭무럭 솟아나네요.

금—금명 간 대박 날 좋은 소식,

산—산적한 모든 일들 봄볕으로 다가올 듯!

『금강산 가는 옛길』의 저자이신 신계전 어르신이 제
이름으로 삼행시를 보내주셨습니다.

"내 나이가 어때서?"

오승근 가수의 노래구절이 딱 어울리도록 열정적으로
글을 쓰시는 작가이자 관광해설사로서 젊은 사람 못지않
게 활동하시는 모습이 존경스럽습니다.

외람된 말씀이지만 연세에 비해서 동안이시라 때로는
귀엽기까지 합니다. 삼행시에 담긴 어르신의 마음이 한해
를 긍정으로 열어 줍니다.

"잠시 이것 좀 보고 가!"

아침 출근길에 바쁜 내 손을 잡고 남편이 화단을 가리킵니다. 다알리아꽃이 달덩이처럼 어찌나 크고 예쁜지 절로 감탄을 연발했습니다.

"대박이다, 대박! 여보, 우리 집에 좋은 일이 생길 것 같은데요."

남편 듣기 좋으라고 더 큰소리로 호들갑을 떨어 대하고는 급히 출근길로 향했습니다.

우체국에 출근을 하고 난 뒤 얼마 후에 면장님, 파출소장님, 그리고 예비군 면대장님이 함께 우체국으로 오셨습니다. 향토예비군의 날을 맞아 육군 참모총장님의 상이 내려온 것을 먼저 알고는 기쁜 소식을 전해주고 축하도 해주시려 오신 거랍니다.

대박, 대박, 진짜 대박입니다.

퇴근해서 집에 돌아오니 앞마당에 생전 날아드는 일 없던 비둘기 한 쌍이 날아들고는 남편이 바로 앞에 있음에도 도망도 안 가고 마당에 오래오래 머물러 있었답니다.

"대박, 우리 집에 즐거운 일이 생기려나 봐요."

그 날 저녁 얼마 안 있어 아들한테 전화가 왔습니다

"손이 다 나은 것 같아요."

운동하다가 다친 손 때문에 근 1년 동안 서울로 병원에를 다니면서 마음고생 참 많이도 했는데 다 나은 것 같다고 합니다.

대박, 대박, 온종일 대박입니다.

아들의 전화 한 통에 그저 감사와 행복의 눈물이 나왔습니다.

오늘 따라 신계전 선생님의 삼행시가 와 닿습니다.

양구에서 관광해설사를 하시면서 말씀도 잘 하시고 두루두루 능력이 좋으셔서 70이 다 되어가는 연세에도 인천에 있는 모 중소기업에 스카우트되어 홍보차 잠시 가셨습니다.

"내 나이가 어때서?"

무심코 흥얼거릴 때마다 지금은 멀리 떨어져 계신 신계전 선생님의 안부가 궁금합니다.

항상 긍정적인 마인드로 대박, 대박, 대박을 외칠 수 있도록 오히려 젊은 내게 에너지를 팍팍 주시던 어르신의 안부를 묻습니다.

그곳에서도 건강하시고 열정도 여전하신 거죠?

안부가 궁금합니다 50
– 아내 바보 어르신

팔랑리로 귀농한 지 얼마 안 된 어르신, 멀리 떨어져 사는 아내에게 우체국 택배로 토마토를 붙이곤 며칠 후 찾아와서는 터지고 짓눌리고 성한 게 없다며 노발대발 난리를 쳤습니다.

"국장 어디 갔어? 야, 이 ○○같은 X야!"

온갖 욕설을 섞어가며 난리를 치는데 세상에 태어나서 여지껏 먹었던 욕보다 몇 배는 더 많이 먹었을 것입니다.

"죄송합니다. 배송 과정에서 생긴 일 모두 책임지고 다시 발송해 드리겠습니다."

이유야 어쨌든 배송된 상품의 문제가 생겼다면 무조건 책임을 진다는 사명감을 갖고 있었기에 그 어떤 욕도 다 받아들이며 연신 잘못을 빌었습니다.

그래도 분이 풀리지 않았는지 우체국 바닥에 앉아 대성

통곡을 하더니 겨우 진정하며 한 마디 하셨습니다.

"내가 우리 마누라한테 주려고 밤새도록 잘 익은 것으로 고르고 골라 얼마나 사랑스럽게 정성스레 닦고 또 닦아서 붙였는데 이게 보상으로 다 되겠냐?"

나는 그 순간 잘 익은 토마토를 밤새도록 주물렀다는 말에 터질 수밖에 없는 이유를 알았지만 한편으론, 그 난리 속에서도 어르신의 유별난 마누라 사랑이 은근히 부러울 정도였습니다.

며칠 후 마을회관 잔치에서 만났을 때 "그땐 미안했다"며 앞으로 잘 지내자며 소주 한 잔을 권하셨습니다.

"예, 감사합니다. 제가 죄송했습니다."

얼른 술 한 잔 드린다니까 이제 술도 먹을 수 없다며 손사래 칠 때는 따뜻한 인간미가 느껴졌습니다.

그러던 어르신이 하늘나라로 가셨다는 소식을 들었습니다.

순간 가슴이 먹먹했습니다.

지역에서 좀더 좋은 인연으로 잘 지낼 수 있었는데 그렇게 훌쩍 떠나시다니 한편으로는 마음이 씁쓸하고 안타깝기도 했지만 그나마 앙금을 풀었었기에 조금은 위안이 됩니다.

요즈음 우체국은 토마토 택배로 한창입니다.

빨갛게 잘 익은 토마토들을 보니 누구보다 아내 사랑이 넘쳐나셨던 그 어르신이 문득 생각이 납니다.

어르신, 하늘나라에서도 아내에 대한 사랑은 여전하신 거죠?

오롯이 일편단심 아내 사랑의 정성을 가슴에 남겨주신 어르신의 안부가 궁금합니다.

안부가 궁금합니다 51
– 하늘나라 총괄국장님

총괄국장님이 하늘나라로 가시고 한 달 후 뽀얗게 먼지가 쌓인 상패 하나가 도착했습니다. 우정사업본부에서 주는 금융 최우수상 상패입니다.

담당자에게 전화를 해보니 상패가 그동안 캐비닛에 보관되어 있었는데 너무 늦어서 버리자는 의견도 있었지만 늦게라도 보내드려야 한다는 의견이 많아서 보내준 것이라고 합니다.

'아, 이런 일도 있었구나!'
2년 만에 보내온 상패에 직원들과 잠시 기쁨을 느껴보았습니다. 남는 게 사진이라고 지난 추억이 고스란히 상패에 새겨져 살아났습니다.
평소 지지리도 상하곤 거리가 멀었던 내가 총괄국장님이 계셨던 때에 두 번이나 연거푸 큰상을 받았습니다.

그러고 보니 총괄국장님은 우리 우체국의 복덩이가 틀림없는 것 같습니다.

오늘은 봉급날, 직원들과 점심으로 막국수를 먹으러 국장실을 나서려는데 금융 최우수상 상패가 눈에 확 들어옵니다. 직원들에게 작별인사도 할새없이 뭐 그리 일찍 가셨는지 서운하고 아쉬운 마음에 좀 더 저희들 곁에 계셨다면 얼마나 좋았을까 하는 생각에 잠시나마 상념에 빠져봅니다.

이곳은 요즘 들어 우정사업이 녹녹치 않아 다들 비상인데 모든 걸 다 내려놓고 떠나가신 그곳은 어떠신지요?
또 누구에게 평생 잊지 못할 상을 안겨주시고 계시지는 않으신지요?

생전에 많은 추억과 뜻 깊은 상을 안겨주시더니 오롯이
상패로 돌아오신 지금은 고인이 되신 총괄국장님의 안부
가 궁금합니다.

그러고 보니 총괄국장님께서도 막국수를 참 좋아 하셨
습니다.
맛있다고 하셨던 월운리 막국수집 아시죠? 오늘 우리직
원들과 점심으로 그 막국수 먹으러 갑니다.

며칠 동안 바람도 불고 하늘도 우중충 했었는데 오늘
따라 막국수 먹으러 가는 길 날씨도 화창하고 하늘도 맑
습니다. 흰 뭉게구름도 우리와 함께 동행하며 흘러 갑니
다.
고인이 되신 하늘나라 총괄국장님과의 옛 추억을 떠올
려 봅니다.

안부가 궁금합니다 52
– 아버지의 친구분들

아버지는 거울을 연신 들여다보시며 옷맵시를 바로 잡습니다. 중절모에 발목코트를 걸치신 모습이 영화배우가 울고 갈 정도로 멋스럽고 근사하십니다.

그런데 오늘은 한 달에 한 번꼴인 모임인데 즐거워야 할 얼굴에 수심이 가득합니다.

"친구들이 대부분 다 떠났어."

23명의 친구들이 대부분 하늘나라로, 요양원으로 떠났다고 하십니다. 한 명 한 명 갈 때마다 부인이 대신 참석했는데 이제는 그마저도 다 흩어져서 다 모여 봐야 고작 너댓 명이랍니다.

애초에 모임을 80세까지로 정했지만 살아 있는 사람들이 미련이 남아 몇 년을 더 유지했는데 이제는 다들 기력이 없어지고 해서 오늘로 모임을 마무리하기로 했답니다.

아버지는 모임에 다녀오신 후 코트를 건 옷장 문을 닫지도 않은 채 베란다로 나가시더니 한참을 멍하니 앉아계십니다.

"이젠 주위에 몇 명만 남고 다 떠났어."

"세월에 다 갔어."

또 다시 혼잣말로 중얼거리는 소리가 들립니다.

아버지의 몰아쉬는 한숨소리가 애잔합니다.

오늘 따라 유독 쓸쓸해 보이시는 아버지를 뵈니 이제 몇 분 안 남은 아버지 친구분들의 안부가 몹시 궁금해집니다.

다시 젊어질 수는 없겠지만 힘이 없어 겨우겨우 걷더라도 가끔 만나서 얼굴을 보는 것만으로도 서로에게 든든한 버팀목이자 위안이 되시길 간절히 바래봅니다.

좀더 힘내세요. 아버지, 파이팅!

남은 아버지의 친구분들도 파이팅!

안부가 궁금합니다 53
- 임경순 전 양구군수님

우체국은 곰취나물 홍보와 접수에 눈코 뜰 새 없이 바쁜 나날입니다.

유독 임당우체국을 아끼고 관심을 많이 주셨던 양구 임경순 전 군수님이 췌장암으로 몸이 편찮으심에도 불구하고 곰취축제 행사에 참석하러 오셨습니다. 예전과 달리 힘이 부치시는지 저만치 의자에 앉아계십니다.

조금후

"어이, 곰취우체국장!"

간신히 힘을 주어 부르시기에 급히 다가갔습니다.

"임당우체국장한테 너무 고마워. 그리고 미안해."

하시며 눈가에 눈시울을 붉힙니다. 순간 그 말속에서 모든 걸 느낄 수 있었습니다.

저도 겨우 감사하다고만 했습니다.

그리곤 두 달 후 하늘나라로 떠나셨습니다.

그곳에서는 아프시지 않으시고 맘껏 편히 쉬시는지요? 벌써 수년이 지났지만 곰취축제만 되면 저만치 의자에 앉아 또 다시 "어이, 곰취우체국장!" 하고 부르는 것만 같아 모습이 아른거립니다.

정말 안 아프신 거죠? 다 내려놓으시니 차라리 홀가분하신 거죠?

고인이 되신 전 군수 어르신의 안부가 궁금합니다.

그대에게 안부를 띄웁니다

1.

신입 집배원이 개에게 물렸습니다. 너무 놀라 걷어 올린 다리를 들여다보니 푹 파인 상처를 타고 시뻘건 피가 흐르고 있었습니다. 놀라서 빨리 병원부터 가자고 했더니 아직 배달도 남았는데 오히려 사고라도 친 건 아닌지 하는 생각에 어쩔 줄 몰라 하고 미안해 하는 마음이 역력했습니다. 서둘러 광견병 주사는 맞았지만 놀랐을 신입 직원의 마음을 생각하면 가슴이 너무 아팠습니다.

밤 10시쯤에 신호등 앞에 서 있는데 택배 트럭이 우회전을 하다 보도블록을 들이 받아 앞 범퍼가 망가지는 모습을 보았습니다. 속이 상한지 보도블록 위에 멍하니 앉아 있는 기사님을 보니 밤늦게까지 고생했는데 차량수리

비를 제하고 나면 배보다 배꼽이 더 크겠다는 생각에 남의 일처럼 볼 수가 없었습니다. 그나마 다치지 않았으니 다행이라며 가슴을 쓸어내리는 것으로 위안을 삼을 수밖에 없는 현실이 가슴 아팠습니다.

2.

제가 근무하는 임당우체국은 인구 2,000명 남짓한 작은 시골 마을입니다. 금강산의 장안사까지 걸어서 아침에 나서면 저녁에 돌아올 정도로 가깝다는 말씀을 아버지한테 많이 들었던 민통선과 2km 남짓한 접경지대의 마을입니다.

글을 쓰는 틈틈이 아버지에게 읽어드렸습니다. 어머니 얘기를 들을 때 눈시울을 붉히시는 아버지의 모습을 보면서 괜한 짓을 했나 싶다가도, 은근히 딸이 직접 쓴 글을 읽어주는 시간을 즐기시는 아버지의 모습에서 소통과 힐링의 소중함을 얻었습니다.

아버지의 군대생활이나 젊었을 적 얘기를 접할 때는 "어찌 그리 하나하나 자세히도 썼냐?", 남편과 손주, 동네 어르신들의 얘기 등등을 읽어드릴 때면 "바쁠 텐데 그건 또 언제 그리 썼냐? 그래, 잘 했구나."며 흐뭇해 하시는 아버지의 모습을 보면서 책으로 발간할 용기를 얻었습니다.

3.

처음에는 곰취축제라고 해야 겨우 6평짜리 천막 하나에 지역기관단체장과 마을주민 등 고작 몇 십 명이 모여 시작한 것이 엊그제 같은데 어느 새 양구군의 대표축제가 되어 수많은 관광객을 불러들이기 시작했습니다. 2004년부터 본격적으로 동면 팔랑리에서 열렸던 축제장소도 협소해서 2014년부터는 양구읍 서천변 레포츠공원으로 옮겨졌습니다. 방대해진 곰취축제로 택배접수는 우체국에서, 판매는 농협에서 하는 것으로 역할분담을 했습니다.

곰취택배의 성공으로 우체국이 지역에서 더욱 사랑받기 시작했습니다. 지금은 수박, 사과, 멜론, 시레기 등의 농산물도 취급하면서 전국에 우수농산물 브랜드로서 명성을 떨치고 있습니다.

그동안의 좋은 성과로 임당우체국은 2008년 우정사업본부 전국우편마케팅 대상을 수상했습니다. 지역 어디를 가든 임당우체국을 환영해주시고, 챙겨주시고, 대변해주시는 친근한 분위기 속에 우리 우체국은 이제 지역의 꼭 필요한 기관으로 자리를 잡았습니다.

4.

초고령 사회로 진입하면서 우리 임당우체국이 있는 시골은 노인인구 비율이 더욱 가속화되고 있습니다. 우체국을 찾는 어르신들 고객 중에 치매를 앓는 일이 부쩍 늘어나면서 우체국의 역할이 그 어느 때보다 중요해지고 있다는 것을 실감하고 있습니다.

예전에는 편지와 택배를 보낼 때 글을 모르고 전화를 걸 줄도 몰랐던 어르신들이 도움의 손길을 내밀었다면, 지금은 독거노인으로 기억을 잃어버린 어르신들이 우체국의 손길을 기다리고 있습니다. 어르신들에게 가끔 안부라도 묻고, 반가운 대화 상대가 되어주는 것만으로도 얼마나 큰 일을 하는 것인지 잘 알고 있습니다.

그래서 틈틈이 생각나는 이들의 안부를 묻는 글을 쓰기 시작했고, 더러는 우체국을 찾는 어르신들에게 당신의 이야기가 담긴 글을 직접 읽어드리기도 했습니다.

"언제 이런 글을 썼대? 우리 국장이 이런 글도 써주고 고맙네."

그때마다 눈시울을 붉히면서도 함께 소통하고 힐링해주시는 어르신들 덕분에 세상에 이런 책 한 권 정도는 있어도 좋겠다 싶어 더욱 용기를 냈습니다.

5.

"한 아이를 키우기 위해서는 온 마을이 필요하다."

이제 이 말은 이렇게 바꿔 쓸 수도 있어야 하지 않을까 싶습니다.

"한 지역을 살리기 위해서는 온 마을 사람을 하나로 이어지는 네트워크가 필요하다."

다른 지역은 어떤지 몰라도 제가 사는 양구에서는 임당 우체국이 그 역할을 하고 있습니다.

농가소득 향상에 실질적인 도움을 주고, 심각해지는 농촌의 독거노인들에게 조금이라도 힘이 되어주기 위해 오늘도 묵묵히 현장에서 자리를 지키고 있습니다.

모쪼록 이 책이 지금 이 순간에도 지역주민들과 하나가 되어 일하고 있는 전국의 우체국 직원들의 노고를 알리는

촉진제가 되었으면 하는 바람을 담아 봅니다.

앞으로도 묵묵히 자리를 지키며 지역경제 활성화와 초고령사회에 능동적으로 대처하는 지역 네트워크를 중심으로 더욱 열심히 하겠다는 약속을 드리며, 혹여 급변하는 현실에서 임당우체국의 안부를 궁금하게 여길 그대에게 안부를 띄웁니다.

끝으로 이 책을 발간할 수 있도록 용기를 주신 임당우체국과 함께 해주신 모든 분들께 감사드립니다.

여러모로 부족한 점이 많지만 흔쾌히 추천사를 써주신 안도지 양구군곰취작목회 회장님, 육군3사관학교 행정부장 배요식 대령님, 귀전문 스페셜리스트 호주 닥터 김성원 박사님께도 감사드립니다.

아울러 늘 언제나 옆에서 힘이 되어주는 남편과 부족한 글을 끝까지 읽어주신 독자님들께 진심으로 감사드립니다.

양구 임당우체국에서

김금산 드림